Longtemps, je t'ai cherché

Brigitte DURAND

ISBN: 2756323446
ISBN-13: 978-2756323442

CONTENTS

1	Lastours en 1349	Pg 3
2	Région de Montpellier, de nos jours	Pg 5
3	Chapitre 3	Pg 7
4	Chapitre 4	Pg 10
5	Chapitre 5	Pg 12
6	Chapitre 6	Pg 14
7	Chapitre 7	Pg 16
8	Chapitre 8	Pg 19
9	Chapitre 9	Pg 22
10	Chapitre 10	Pg 26
11	Chapitre 11	Pg 30
12	Chapitre 12	Pg 33
13	Chapitre 13	Pg 38
14	Chapitre 14	Pg 42
15	Chapitre 15	Pg 45
16	Chapitre 16	Pg 49
17	Chapitre 17	Pg 51
18	Chapitre 18	Pg 54
19	Chapitre 19	Pg 57
20	Chapitre 20	Pg 59
21	Chapitre 21	Pg 65
22	Chapitre 22	Pg 67

23	Chapitre 23	Pg 71
24	Chapitre 24	Pg 74
25	Chapitre 25	Pg 79
26	Chapitre 26	Pg 82
27	Chapitre 27	Pg 86
28	Chapitre 28	Pg 88

Chapitre 1

Lastours en 1349

Sur la place centrale, un bûcher a été dressé. Il y a foule ce matin, le peuple est assemblé et pourtant ce n'est pas jour de foire.

Les gens crient, s'interpellent, chacun y va de son commentaire. En ces temps de famine, les superstitions ont la vie dure. Des épidémies comme le typhus ou la syphilis ou encore la peste noire se déclarent. Le Diable est tenu pour responsable. Et, certaines femmes sont soupçonnées de pactiser avec Lui. Elles sont guérisseuses, dépositaires de pouvoir ancestraux et font peur. Pour certaines, on présume même qu'elles pratiquent des avortements. Alors pourquoi ne pas imaginer qu'elles ont le pouvoir d'envouter le fils d'un riche seigneur, et le faire tomber éperdument amoureux grâce à un filtre d'amour.

C'est pour cette raison qu'Isabeau, s'est retrouvée à comparaitre devant l'Inquisition et reconnue comme sorcière.

De son amour avec Colin, le fils puîné du château, était née la petite Blanche et le petit Aymeric décédé quelques mois auparavant, à l'âge de deux ans, de la peste noire, maladie qui ravageait le peuple. Blanche, à sept ans, était une enfant ayant la douceur et la grâce de sa mère et la force de caractère de son père. Colin et Isabeau avaient réussi à cacher leur amour et la naissance des deux petits, mais en grandissant nul n'avait pu ignorer la filiation de Blanche et Aymeric. Colin tellement éploré à la mort de son fils, s'était refusé à nier sa paternité à son père et lui avait tout révélé. Celui-ci était entré dans une colère immense et lui avait enjoint de répudier Isabeau . Colin avait alors voulu les emmener loin des terres ancestrales et néanmoins inhospitalières. Mais, il n'avait pas eu le temps, Enguerrand, son père avait provoqué l'arrestation d'Isabeau et l'avait fait jeter dans un cachot dans l'attente de son exécution.

Colin n'avait rien pu faire pour protéger sa bien –aimée. Fou de douleur, il attendait l'arrivée de la charrette amenant la condamnée, afin de lui faire un dernier signe d'adieu. Il espérait qu'elle trouverait dans son regard tout l'amour qu'il avait pour elle. Il avait bien pensé finir sa vie avec elle, en se jetant dans le bûcher, mais elle lui avait demandé de vivre et de prendre soin de leur fille. Apaisée, elle partait rejoindre son fils.

Grâce à quelques écus et la complicité de son ami Pierrick, qui connaissait le geôlier, il avait pu lui faire passer un message.

Mon tendre amour,

La folie des hommes va t'emporter loin de moi. Si, je me résous à ne pas te suivre dans la mort, c'est pour respecter la promesse que je t'ai faite de protéger notre fille. Elle sera à jamais la preuve de notre amour. Emporte avec toi, le doux souvenir de ma bouche sur tes lèvres, la tiédeur de nos caresses, de mes mains sur ta peau si douce. Mon corps reste là, mais mon âme part avec toi. Ce siècle nous sépare, mais n'aie pas peur, je reste près de toi et je sais qu'un jour nous nous retrouverons.

JE T'AIME POUR L'ETERNITE

Chapitre 2

Région de Montpellier, de nos jours.

Assise sur la plage, Juliette est seule. Pourtant, en ce beau jour de mai, exceptionnellement chaud, il y a foule à Carnon. Mais, elle ne voit, ni n'entend personne. Elle fixe un petit point à l'horizon. Cet horizon qui est son avenir. Elle est venue chercher la paix et la sérénité dans la solitude. Le bruit des vagues lui ressasse son passé, ce passé qu'elle voudrait pourtant oublier ou au moins le ranger enfin dans un coin de sa mémoire.

Perdue dans ses pensées, elle ne le voit pas arriver. Pourtant, il s'assoit à quelques mètres d'elle. C'est alors qu'elle le remarque et va pour se lever, s'éloigner. Encore un importun qui envahit son espace. Elle avait très peu de souvenirs de son enfance, mais ils la poursuivaient au point que depuis bien longtemps, elle ne supportait plus la promiscuité. En effet, sa mère étant réfractaire au travail, elle avait vécu avec ses deux sœurs, à quatre dans un espace très restreint et faute de place, elle était obligée de dormir dans le même lit que sa mère . Quand à son père, il n'avait laissé qu'une mention sur le livret de famille « inconnu ».

A 50 ans, Juliette est grande pour sa génération. A l'adolescence, elle avait été très longtemps complexée par sa taille. Aujourd'hui, elle est de taille moyenne par rapport à tous ces jeunes qui ont poussé comme des champignons et se sent mieux dans son corps. Elle est encore mince malgré l'âge qui lui avait fait prendre quelques kilos. Des yeux clairs qui ont tendance à se fondre aux couleurs de la mer. Ne voulant pas encore se résoudre aux cheveux blancs, par coquetterie elle se fait des teintures. Elle pouvait encore plaire aux hommes mais n'en avait plus envie.

Afin de fuir cet intrus venu se poser trop près d'elle, elle rassemble ses affaires, et se lève. C'est alors qu'elle voit qu'il est en train de lire. La curiosité la pousse à regarder le titre. Malgré elle, elle sourit. Elle-même, vient juste de finir le dernier Guillaume Musso. Se sentant observé, il tourne la tête vers elle, et lui rend son sourire.

Vous connaissez ?

Elle ne peut répondre. Elle ne voit que son regard. Un regard d'un bleu intense et si profond qu'elle s'y noie. Et, son sourire.......... Si charmeur qu'il lui renvoie comme un rayon de soleil dans son cœur. Ce cœur fatigué d'avoir tant voulu croire à l'amour.

Ne partez pas, je suis désolé, je ne voulais pas vous faire fuir !

Il la regarde. Ses yeux sont remplis d'une immensité dans laquelle se rejoignent le ciel et la mer.

Elle ne peut rien dire. A cet instant, Juliette a cette impression de le connaitre depuis toujours. Pourtant, elle ne l'a jamais rencontré. C'est comme si un lointain passé venait de rejoindre son présent. A cette minute, elle sait que quoi qu'il arrive, elle ne sera plus jamais seule.

Chapitre 3

Antonin, lui est libraire. Grand, svelte, un petit air de Richard Gere mais avec des yeux bleus. Comme se plait à dire sa mère, un bel homme. Cheveux courts, bruns grisonnants qui ne font que rajouter à son charme naturel. Un regard profond et coquin à la fois, et un sourire à faire craquer la plus endurcie des féministes.

Sa passion des livres comble une grande partie de sa vie. Marié, son couple va à la dérive. Depuis que sa fille a préféré aller faire ses études à Bordeaux, besoin de s'éloigner un peu de la cellule familiale, le silence s'est installé dans la maison. Il a très bien compris que pour Isabelle, il était devenu difficile de faire le pont entre ses deux parents. Il a trouvé très sain qu'elle veuille vivre autre chose, même si pour lui cela avait été un peu difficile de la voir partir.

S'il n'a pas encore demandé le divorce, il y pense de plus en plus souvent. La solitude à deux se fait de plus en plus pesante. Et sa femme Monique, a depuis longtemps trouvé refuge dans l'alcool. Quand il rentre de la librairie, le, soir, elle attaque la deuxième bouteille de rosé. Au début, elle se cachait, tout comme elle planquait les bouteilles dans des endroits inouïs. C'est fou ce qu'elle avait comme imagination pour trouver des cachettes. Il en avait retrouvé dans la trappe sous la baignoire, sous les sièges de la voiture et même dans le placard des toilettes mélangées au produit d'entretien. Depuis le départ d'Isabelle, elle boit sans retenue. Alors, lui, reste de plus en plus tard à la librairie, au milieu de ses livres qui l'aident à oublier la réalité de sa vie. L'été, il va s'asseoir sur la plage pour lire. Le mouvement des vagues, le doux gémissement de l'eau et le jour descendant le rendent plus serein.

Plusieurs fois, il a essayé de la soutenir, de l'aider à se soigner. Mais, chaque fois, ce n'était que déception. Elle replongeait dans l'alcool.

Ce soir, il lui parlerait.

Il est rentré juste après la fermeture du magasin. Elle est affalée sur le divan, devant la télévision, à bailler face à une émission de télé- réalité, un verre de vin à la main. Elle ne tourne pas la tête, elle ne daigne même pas lui dire bonjour. Il s'approche d'elle.

-Monique, s'il te plait, ça ne peut plus durer comme ça !

Il lui prend le verre des mains ce qui a pour effet de déclencher une cascade d'injures. Hystérique, elle se contrôle à peine. Elle hurle, il lui saisit la main.

Calme-toi, tu ne devrais pas boire autant.

Il fait chaud, ce n'est pas un verre de rosé qui va me faire du mal !

Mais ce n'est pas ton premier verre la bouteille est vide.

Il fait chaud ! répète-t-elle……. je peux bien me désaltérer.

Elle s'est levée, avance vers lui, titube et retombe sur le fauteuil.

Arrête de me pousser, tu m'as fait tomber !

Il ne l'a pas touchée. Abasourdi par son audace, il la regarde hébété.

Elle a bien changée, elle a maigri, sa peau s'est flétrie. A 55 ans, elle en parait dix de plus. Et elle est devenue tellement irascible. Ils se sont aimés pourtant. Il repense au jour où elle est arrivée de Montréal, il était monté la chercher à Roissy, fou de joie. Puis, le jour de leur mariage, ils étaient jeunes, amoureux, ils venaient d'apprendre qu'ils allaient avoir un enfant. La vie s'ouvrait devant eux pleine de promesses. Que s'était-il passé ? Pourquoi au fil des années s'étaient-ils perdus ? Bien sûr, il y avait eu le travail, les malheurs mais aussi les joies, les incompréhensions, les soucis pas toujours partagés, la vie……… le silence s'était installé entre eux.

A l'approche de la retraite, ils se retrouvent à vivre ensemble, mais plus sur la même route.

Plusieurs de leurs amis avaient déjà divorcé, pour certains retrouvé un compagnon ou une compagne et fondé une famille recomposée. Mais, lui, avait voulu tenir bon, il voulait croire à la durée d'un couple. Il avait le bel exemple de ses parents qui avaient fêté leur noce de diamant, il y a deux ans. Il voulait se persuader que de nouveau tous les deux, une nouvelle étincelle jaillirait. Hélas, il avait fini par comprendre qu'ils étaient arrivés à un point de non retour.

-Je voudrais divorcer !

Le verre s'est arrêté à mi-chemin. Elle le regarde interloquée.

Pourquoi ?

Parce qu'on ne s'aime plus. On vit côte à côte mais plus ensemble.

Elle ne répond pas. Elle le dévisage et pourtant son regard semble le traverser, comme si elle ne le voyait pas.

Elle monte se coucher, emportant son remède contre la déprime, et ce qui semble être devenue sa meilleure amie : sa bouteille de rosé. Et comme tous les soirs, Antonin se retrouve face à lui-même et à ses interrogations. Discuter avec Monique se résume à un dialogue de sourd !

Chapitre 4

Il y a quelques mois que Juliette est arrivée à Montpellier. Elle vient de vivre une rupture douloureuse. C'est elle pourtant, qui l'a provoquée. Cela faisait six ans que Jacques lui promettait une vie de couple faite d'amour et de joie.

Il devait faire quelques travaux dans la maison qu'il avait gardée en souvenir de son mariage, afin de la vendre. Mais, le temps passait, les travaux n'était pas commencés et la maison toujours pas en vente. Les premiers temps, Juliette n'avait pas compris pourquoi Jacques était accroché à sa maison comme une moule à son rocher, celle-ci était sans âme, sans chaleur humaine, il y avait vécu très longtemps dans la discorde avec son ex-femme.

Jacques avait deux enfants, Mathilde et Tristan avec lesquels Juliette s'entendait bien. Ils avaient convenu de laisser Tristan passer son baccalauréat avant de déménager afin qu'il n'ait pas besoin de changer de lycée. Pour deux ans, elle pouvait s'en accommodée. Leur future maison devrait se trouver à mi- chemin entre leurs deux lieux de travail. Dans les premiers temps de leur liaison, Juliette avait essayé de venir le plus souvent possible, à chacun de ses repos, même si cela lui faisait faire cent cinquante kilomètres le matin après sa nuit de travail. Elle était fatiguée mais heureuse de vivre avec Jacques. Elle avait même réalisé de petits travaux de peinture et de décoration pour améliorer leur espace. Mais, très vite, elle avait compris qu'elle ne pourrait se résoudre à vivre dans l'empreinte d'une autre femme.

Il lui avait fait la promesse qu'ils achèteraient une maison à eux, un petit nid d'amour. Mais, Jacques était très doué pour les promesses, comme pour parler d'avenir, alors qu'il vivait dans un passé immuable. En fait, elle ne l'avait compris que plus tard, Jacques pensait tout haut. Comme un grand adolescent, il faisait mille projets mais très peu se réalisaient. Il se contentait de rêver sa vie. Il ne pouvait pas non plus changer la moindre de ses habitudes, même pour elle, qu'il disait être la femme de sa vie.

Les deux ans passés, rien ne bougeait et quand elle manifestait une quelconque impatience, il l'emmenait visiter quelques maisons, la maison de leurs rêves ! Mais des rêves, elle en avait fait beaucoup Juliette et voulait y croire. Ils s'étaient tous évanouis, petit à petit et le réveil avait été douloureux.

Alors, elle était partie. Au fond d'elle, elle espérait qu'il reviendrait la chercher. Que cette rupture le ferait réagir, mais Jacques avait préféré l'oublier dans les bras d'une autre femme rencontrée sur un site spécialisé. Du temps où il était avec Juliette, il trouvait ridicule d'en passer par là pour trouver l'amour. Et pourtant, il s'était très vite consolé avec Chantal.

Quand à elle, elle ne croyait plus à l'amour. Elle avait revêtu sa carapace, emballé ses livres et avait quitté Lyon. Elle avait choisi de retrouver sa solitude, elle la connaissait bien, elle l'avait longtemps fréquentée.

Chapitre 5

A cette époque de l'année, les plages sont envahies par les vacanciers. Les enfants tels des moineaux virevoltent dans les vagues ou sur le sable. Les serviettes sont accolées les unes aux autres, on se croirait dans le métro parisien aux heures de pointe. C'est comme ça l'été, les gens ont besoin de retrouver la cohue du reste de l'année.

Juliette préfère venir nager en fin d'après -midi, à l'heure où ces même vacanciers, se retrouvent pour former des bouchons sur la route, afin de ne rien perdre là non plus de leurs habitudes. Et après tout, ils vont pouvoir s'engueuler et se défouler de leur journée passée sur la plage avec les enfants .Et, au moins ils arriveront déstressés, au camping pour mieux profiter de l'apéritif pris entre voisin. Une grande tradition des vacances d'été !

Juliette est infirmière en psychiatrie et depuis quinze ans, elle préfère travailler de nuit. Elle apprécie l'autonomie que cela lui donne, même si ça engendre plus de responsabilités. Après vingt ans de carrière, elle avait éprouvé le besoin de prendre du recul face à la lourdeur de plus en plus importante de l'administration et de la hiérarchie. L'impression de passer son temps à réfléchir à des faux problèmes pendant que les patients se perdaient dans l'inactivité qui engendrait entre autre la violence. Elle se rappelle ses débuts, les infirmiers prenaient alors le temps d'établir une relation avec les patients à travers des activités thérapeutiques.

Ce soir, elle est de repos rien ne la presse. Elle va pouvoir se laisser aller à la douce caresse du sable chaud, livrer son corps au balancement des vagues et tout oublier !!Oublier sa solitude, ses soucis, ses erreurs, ses attentes, ses déceptions. Ce soir, elle fera alliance avec la mer. Plus de passé, plus d'avenir, que le moment présent.

Pourtant, en regardant le ciel d'un bleu intense, ce sont les yeux de son inconnu qu'elle revoit. Des yeux qui reflètent la tendresse et la sensibilité, mais aussi une certaine tristesse. Des yeux dans lesquels on a envie de se perdre à tout jamais. Des yeux qui pourraient presque lui faire oublier, qu'elle ne veut plus faire confiance aux hommes.

C'est alors qu'il lui semble l'apercevoir. Assis un roman à la main, il semble perdu dans ses pensées. Elle sort de l'eau, bien décidée à l'éviter.

-Bonjour !

Elle le regarde, donnant l'impression de ne pas le reconnaitre.

-Pas trop froide …….. L'eau ?

Il se sent idiot de n'avoir trouvé qu'une banalité à dire. Mais, il a envie de la retenir, de lui parler. Elle s'entoure dans sa serviette de plage et va s'asseoir plus loin , bien décidée à ne pas se laisser attendrir par ce sourire ravageur et timide à la fois .

Il l'a laisse s'éloigner, il a compris qu'il ne devait pas l'effrayer. Il ne comprend pas encore pourquoi, mais sa présence à quelques mètres de lui, lui fait du bien. Il sent comme un fil qui les relie et soudain heureux se replonge dans sa lecture. Elle aussi a pris son livre. Le même que lui !!!!!!

Chapitre 6

Cela fait une semaine, qu'Antonin a parlé de divorce. Depuis, Monique bien décidée à ne plus aborder le sujet fait ce qu'elle peut pour l'éviter. Si son mari veut la quitter, c'est qu'il y a une autre femme. Tous les sondages le disent, une femme divorce pour vivre seule, un homme pour refaire sa vie avec une autre. Alors, Monique, elle, ne laissera pas sa place. Bien sûr, elle ne l'aime plus. Il n'y a même pas entre eux cette tendresse qui bien souvent remplace l'amour après de nombreuses années ensemble. Il y a même des jours où il la dégoute, elle ne supporte plus de le voir. Mais de là, à laisser sa place à une autre, jamais ! Elle ne peut imaginer vivre seule. Et, il y a la maison. Elle connait ce proverbe qui dit : »il vaut mieux être seule que mal accompagnée « mais Monique préfère être mal accompagnée que seule !

Ce midi, Antonin doit retrouver Jean- Luc, son ami d'enfance. Ils ont choisi d'aller à l'Odysséum, ce grand centre commercial à ciel ouvert. Il y a plusieurs restaurants avec des petites terrasses très agréables l'été. D'autant plus que Jean- Luc qui ne dispose que d'une heure pour déjeuner, est à coté du Parc du Millénaire où il travaille.

Ils sont du même village, St –Hippolyte- du Fort, une des portes des Cévennes. Ils ont partagé les bancs d'école, les cours de récréation, mais aussi les premiers émois avec les filles, les booms du jeudi après- midi. Ont découvert la sexualité et l'amour en même temps, les premières cuites, mais aussi la première cigarette, pour ne pas être nul et faire comme les copains ………. Plus tard, ils se sont épaulés devant les échecs de la vie, félicités pour leur réussite. Bien entendu, Jean – Luc a été témoin au mariage d'Antonin, puis a tenu Isabelle la fille de celui- ci sur les fonds baptismaux.

Jean – Luc, grand blond, cheveux frisés et mi-longs rappelant les années 70 a gardé un certain charme désuet, qui plait encore beaucoup aux femmes. Il a accumulé les conquêtes et les rencontres d'un soir, ne se résolvant jamais à se marier. Des enfants, s'il en a il ne le sait pas !!!!!!! Cependant, depuis trois ans, il a rencontré Agnès, une blonde pulpeuse, surtout intéressée par son compte en banque. Par contre, elle est sexy et il est fier de sortir avec elle à son bras. Alors chacun y trouve son compte. Et, s'il forme un couple, chacun vit dans son appartement.

Jean – Luc a remarqué un changement chez Antonin. S'il a toujours ce regard triste, il y voit de nouveau une petite étincelle. Néanmoins, il le connait bien. IL se retient de lui poser des questions. Si son ami a besoin de parler, il le fera le moment venu.

- Comment vont tes parents ?

- Oh, tu sais, à leur âge, c'est difficile. La maladie de mon père ne s'arrange pas et maman s'épuise à vouloir le garder à la maison. Je crains qu'on ne soit obligé de le placer dans une maison spécialisée , mais je m'inquiète , j'ai peur que ni l'un ni l'autre ne le supporte . Elle va culpabiliser et lui dans ses moments de lucidité, ne se sentira pas bien au milieu de toutes ces personnes, tu sais, il a toujours été un solitaire. Tu imagines après 58 ans de mariage et d'amour partagé, ça se comprend. Et toi, avec Agnès ????

- Ce n'est pas l'amour avec un grand A, mais on se supporte .Et puis, notre style de vie permet les petits extras et ça aide !!!!!! Jean- Luc pouffe de rire.

Le repas se poursuit, aujourd'hui, c'est pizza, salade. La conversation suit son cours.

- Je vais demander le divorce ! On s'enlise chaque jour un peu plus dans une relation difficile.

- Et, Monique comment vit- elle ta décision ?

- Elle boit de plus en plus et je ne sais plus comment l'aider ! Isabelle accepte très mal son addiction à l'alcool et trouve de multiples raisons pour revenir le moins souvent possible à la maison.

- Ce n'est pas gagné pour le divorce, remarque Jean- Luc. Elle ne te laissera pas partir comme ça.

Antonin ne répond pas. Il pense à Juliette, mais n'en parle pas. Et que pourrait- il dire ? Qu'il a rencontré un ange sur la plage, mais qu'il n'ose pas aller vers elle de peur de la faire fuir. Quelles blessures se cachent derrière cette carapace dont elle s'entoure ?

Chapitre 7

Juliette a travaillé cette nuit. Une nuit calme pour un service d'urgence psychiatrique. Quelques appels, des anciens patients ayant besoin d'être rassurés, besoin de parler. Puis, deux entrées mais calme, un schizophrène en rupture de traitement mais connaissant suffisamment sa pathologie pour revenir se faire hospitaliser pour quelques temps avant que ses voix ne l'envahissent de trop .Après avoir été vu par le médecin de garde, il a réintégré son service habituel où ils restaient quelques lits pour pouvoir l'accueillir. Sinon, il aurait été orienté vers un autre service, mais depuis que l'hôpital psychiatrique avait été sectorisé en 1960, le personnel essayait de respecter l'orientation des patients. Cependant, depuis la fermeture de nombreux lits cela était devenu très souvent un casse- tête chinois. Il y a eu aussi une jeune femme ayant fait une tentative de suicide aux médicaments. Elle n'avait pas mis sa vie en danger, mais devait tout de même être surveillée. Un passage dans la chambre toutes les heures avaient permis de constater qu'elle dormait profondément. D'ailleurs, le médecin des urgences du CHU par lesquelles elle était passée l'avait envoyé en service libre, il y avait de fortes chances pour qu'elle veuille ressortir le lendemain matin. C'est pour cela qu'elle avait passé la nuit dans le service de Juliette, où il y avait deux chambres prévues à cet effet. Il y a bien eu aussi quelques consultations, renvoyés chez eux ,car ne nécessitant pas d'hospitalisation en urgence , soit avec une ordonnance ou avec le conseil d' aller le lendemain consulter le psychiatre qui les suit sur le CMP de leur secteur . Juliette était tout de même rentrée fatiguée, le rythme de nuit étant difficile pour l'organisme.

Elle se réveille dans son petit appartement qu'elle loue, dans un des nouveaux quartiers de Montpellier. Il est très calme, quand on dort la journée, c'est un des critères principaux dans la recherche d'un logement .C'est un trois pièces lumineux et bien assez grand pour elle et ses deux chats. Elle a aussi une grande terrasse, bien agréable dès le printemps. Une chambre d'amis qui lui permet de recevoir ses enfants lorsqu'ils viennent en vacances. Colin et Martin sont restés sur Lyon, ils y ont leur vie et leur travail. Tous deux, y ont créé leur entreprise : Colin dans l'informatique, Martin dans la communication. Elise vit dans la région parisienne, elle y est partie voilà dix ans après avoir été reçue brillamment au concours du CNRS après son BTS. Elle y avait même repris ses études et venait de passer sa thèse. Tous les trois faisaient la fierté de Juliette.

Elle est sur la terrasse. Elle déjeune d'un bol de céréales. Elle ne sait pas pourquoi, peut- être l'histoire de la patiente de cette nuit, mais ses pensées s'envolent malgré elle, vers son passé .... ·

Sa mère était telle une araignée qui avait lentement tissé sa toile autour d'elle pour ne pas la laisser partir .Elle voulait la garder près d'elle comme un substitut à cet homme qu'elle avait aimé et qu'elle avait voulu retenir en lui faisant un enfant. Mais voilà, il était marié et l'avait abandonné ainsi que sa fille et les deux autres enfants qu'elle avait eues de pères différents, pour rester près de sa femme.

De son enfance, elle n'avait guère de souvenirs, sinon ceux qu'on lui avait racontés. Qu'y avait- il au fond de sa mémoire, pour que son cerveau ne les ait à jamais refoulés. Un temps, elle avait pensé à l'hypnose, elle voulait savoir. Sa marraine, lui disait souvent que lorsqu'elle l'emmenait en week-end, au retour Juliette ne voulait jamais retourner voir sa mère. Elle pleurait et s'agrippait à elle. Et elle se rappelait tout de même, qu'à l'âge de dix ans, quand sa mère rentrait en retard, elle imaginait que celle-ci avait eu un accident et qu'on allait lui annoncer qu'elle était morte. Au lieu de s'angoisser, elle se disait qu'elle en serait débarrassée et qu'elle pourrait aller vivre chez sa marraine. Que se passait-il pour qu'une enfant de dix ans en arrive à souhaiter la mort de sa mère ? Aujourd'hui, elle avait réussi à couper les ponts avec celle-ci, et avait pu enfin s'en libérer. Elle était en paix avec son passé et avait décidé de laisser les interrogations là où elles étaient.

Après une adolescence où elle avait vécu dans le déni d'elle-même et de sa féminité, elle avait eu un tel besoin d'exister qu'il suffisait qu'un homme la regarde tendrement pour qu'elle s'imagine l'aimer et se sente aimé en retour .Elle recherchait la tendresse et la reconnaissance en toute chose.

Elle n'avait jamais rencontré celui qui l'aimerait pour elle – même. Elle était avide d'amour et donnait sans compter, espérant recevoir en retour. Certains s'étaient arrêtés quelques temps, d'autres avaient passé leur chemin, effrayés par ce trop plein de sentiments. Mais aucun n'avait pris le temps de la comprendre, pour lui donner ce dont elle avait besoin. Elle avait besoin d'être aimée et protégée, mais c'était souvent elle qui donnait tout ce qu'elle avait et maternait les hommes qu'elle rencontrait.

Sa mère l'avait élevé dans la haine des hommes. Hystérique, elle menaçait de se suicider, la retenant ainsi auprès d'elle. Ne serait- elle pas une pauvre mère abandonnée, sans personne pour s'occuper d'elle si sa fille la quittait. Elle lui faisait souvent jouer selon l'humeur le rôle de la mère ou du mari, et accessoirement celui de la fille. Avant elle, sa mère avait essayé de retenir Christine, sa sœur cadette, mais celle-ci avait rencontré l'amour et elle avait pu rompre des liens que sa mère avait pourtant bien serrés. Juliette vivait donc dans un perpétuel chantage, au détriment de sa propre vie. Sa mère, perverse savait jouer son rôle de mère exemplaire à la perfection afin que la famille et l'entourage ne s'aperçoivent de rien. Tous, pensaient que Juliette était parfaitement heureuse comme ça, aucun ne voyait qu'elle étouffait.

Elle avait alors rencontré celui qui allait être le père de ses enfants. Il était beau parleur et savait se montrer gentil et protecteur avec elle. Elle voyait en lui, celui qui allait l'aider à fuir les liens qui la retenaient à sa mère. Après le mariage, il avait montré sa vraie personnalité. Alcoolique, macho, pervers et parfois violent. Sa mère elle ,avait su entretenir la culpabilité. Juliette avait donc été prise en sandwich, ne voulant pas décevoir l'un et ne voulant pas blesser l'autre. Après quatre ans de mariage et deux petits, malgré une troisième grossesse qui s'annonçait, elle avait divorcé. Sa mère, sournoisement, avait profité de sa fragilité pour s'imposer de nouveau dans sa vie.

Juliette avait alors reporté tout son besoin d'amour sur ses enfants. Mais compliqué de s'y retrouver quand on veut donner toute la tendresse que l'on a sans tomber dans l'excès et devenir une mère possessive. Elle ne voulait à aucun prix reproduire ce que sa mère avait fait. Elle avait essayé de jongler entre les deux, souvent envahie de doutes et de découragement, et sans une épaule sur laquelle s'appuyer. D'autant plus, que l'histoire se répétait puisque, Jean son mari avait décidé d'ignorer ses trois petits. Peu de temps après le divorce, il s'était remarié avec une veuve qui avait déjà un fils et avec qui il avait eu trois filles dont l'ainée avait neuf mois de différence avec Martin son dernier fils.

Chapitre 8

Aujourd'hui dimanche, Antonin est de repos. Demain, la boutique sera aussi fermée, mais il devra envoyer ses commandes par mail, afin d'être livré jeudi. Il s'est déjà renseigné sur les sorties littéraires de la rentrée. Il devra aussi passer chez quelques éditeurs.

Mais, à ce moment, c'est à la source de son enfance qu'il a décidé de retourner, dans le village qui l'a vu grandir : St Hippolyte du Fort. Il en aime surtout la vieille ville, construite au pied du Castillas et qui offre ses ruelles et ses allées ombragées. Petit, il aimait tremper ses mains dans l'eau fraîche de l'une des sept fontaines et regarder les oiseaux s'y désaltérer. St Hippolyte fut longtemps riche grâce à ses tanneries, soieries, draperies et fabricants de galoches aujourd'hui disparues. A l'école, on leur avait apprit, que Pasteur y avait séjourné pour développer sa recherche et tenter de sauver la sériciculture de la maladie qui décimait alors le ver à soie. A l'époque, il avait alors décidé qu'il travaillerait dans la recherche …… C'était juste après avoir voulu devenir pompier, policier ou conducteur de train ……… !!!!

Il est parti tôt ce matin de Lattes. Il y habite encore pour quelques temps, une petite maison en pierre au fond d'une impasse. Il veut arriver un peu avant le repas et avoir le loisir d'arpenter les ruelles avant d'aller déjeuner chez ses parents. Besoin de se ressourcer et de réfléchir en se promenant dans sa petite ville dans laquelle, il a pleins de souvenirs heureux.

Il s'est garé sur le parking près du cimetière, on y aperçoit les Cévennes, puis est remonté à pied vers l'ancienne caserne qui à une époque avait abritée « l'école des enfants de troupe ». Plus tard, le musée de la soie s'y etait installé. Il redescend par la petite rue en face qui le mène cours Gambetta, passe devant la librairie, instinctivement jette un œil sur la vitrine. En rêvant à Juliette, il rentre dans l'église, dont il aime l'atmosphère empreinte de spiritualité. Son âme s'y repose et il y a parfois trouvé des réponses à ses questions Il aime s'asseoir sur le banc vers la statue de Notre Dame de Lourdes. Chaque fois, il allume un cierge et récite la prière accrochée là :

Seigneur
Que ce cierge que je fais bruler
Soit lumière
Pour que tu m'éclaires
dans mes difficultés et mes décisions.
Qu'il soit feu
pour que Tu brules en moi
tout égoïsme, orgueil et impureté.
Qu'il soit flamme
pour que Tu réchauffes mon cœur.
Je ne peux pas rester
longtemps dans ton église.
En laissant bruler ce cierge,
c'est un peu de moi
que je veux Te donner
Aide- moi à prolonger ma prière
dans les activités du jour.
Amen

Il regarde l'heure et se dit qu'il est temps de retrouver ses parents. Sa mère doit l'attendre avec impatience. Ceux- ci habitent une maison située dans une petite rue près du viaduc qui surplombe le Vidourle, à coté des vestiges des anciens remparts du XVII ème siècle et de la Tour Saint Louis.

Il se plait à penser qu'un jour, il pourrait refaire ce parcours en tenant Juliette par la main. Lui faire découvrir les lieux qu'il a aimés et surtout pouvoir l'emmener chez ses parents. Mais, il revient à la réalité et se dit qu'il va déjà essayer de la retrouver et de la conquérir. En effet, depuis la dernière fois où il l'avait revue sur la plage, elle n'est plus jamais venue. Pourtant, il y est allé plusieurs fois, à différents horaires, il a marché le long de la grève, mais personne. Il ne s'est pas découragé pour autant, il sait au fond de lui qu'un jour il la reverra. A la librairie, un client lui avait commandé un livre parlant des âmes- sœurs. Il l'avait consulté et en avait évoqué longuement le sujet avec celui-ci. Antonin a l'esprit très ouvert, et aime aborder des questions qui même au départ ne l'intéresse pas spécialement. Mais, depuis qu'il a croisé Juliette, il a dévoré plusieurs livres évoquant ce thème, et il s'est persuadé que leurs âmes sont liées et que quoiqu'il arrive, ils se retrouveront.

Mais, voilà tout cela n'est pas d'actualité pour le moment. Il doit avant tout convaincre Monique d'accepter le divorce.

Le repas a été agréable. Sa mère ravie de l'avoir à la maison, l'a couvé du regard toute l'après midi. Il est sûr qu'elle a compris qu'il se passait quelque chose .Elle a un sixième sens quand il s'agit de son fils. Pour ne pas trop la troubler, il a juste évoqué ses difficultés actuelles, la débâcle de son mariage .Il n'a pas voulu prononcer le mot « divorce », mais, il est certain qu'elle a deviné à sa façon de l'embrasser quand il est parti.

- Prends soin de toi, mon grand !

Il lui sourit pour la rassurer, et lui pose tendrement un gros baiser sur la joue. Augustine, sa mère craque aussi chaque fois qu'elle est face à ses yeux bleus et a son sourire enjôleur. Déjà petit à la maternelle, il séduisait les maitresses qui en oubliaient de le punir. Puis, à l'adolescence toutes les filles étaient sous son charme, alors que lui, gros nigaud, ne se rendait même pas compte qu'il les envoutait.

- Et toi, prends soin de papa, mais aussi de toi. Ne t'épuise pas trop, n'hésite pas à demander de l'aide. Appelle –moi si tu as besoin. Je vais me renseigner pour que tu es une aide, ne serait –ce que pour sa toilette, tu ne peux plus gérer ça toute seule .Et, je reviens le week-end prochain.

- Tu viendras avec Monique ?
- Je ne crois pas, non !

Elle n'insiste pas.
Embrasse les enfants !
Déjà, elle considère Raphaël, l'ami d'Isabelle, un peu comme son petit-fils.

- Dis leur de venir me rendre une petite visite de temps en temps.

Mais, elle sait qu'à leur âge, ils préfèrent les sorties avec les copains et elle les comprend.

Antonin vient de remonter dans sa voiture, quand son téléphone portable sonne. C'est Isabelle, sa fille, en vacances pour un mois à Lattes.

- Papa, tu rentres quand ?
- Je pars à l'instant de chez tes grands –parents. Que se passe t-il ?
- C'est maman. .... Elle est à l'hopital. Ne t'inquiète pas, elle va bien maintenant .Elle est prise en charge. Je t'expliquerais à la maison.

Chapitre 9

Il monte en voiture et reprend la route. Antonin pense avoir compris ce qui s'est passé. Ce ne serait pas la première fois que Monique aurait fait une tentative de suicide. L'alcool avait commencé il y a une dizaine d'années, puis étaient venues les idées suicidaires.

Monique est québécoise. D'ailleurs, ils s'étaient rencontrés il y a 27 ans à Montréal. Il y était pour un séminaire. A l'époque il travaillait dans l'édition, elle, était traductrice pour un éditeur. Tout de suite, ils avaient sympathisé, puis rapidement s'étaient aimés. La semaine avait été merveilleuse et entre deux colloques, elle lui avait fait découvrir Montréal. C'était un bon guide : ils s'étaient promenés main dans la main dans le parc du Mont Royal. Elle lui avait appris que c'était de ce parc que la ville tenait son nom. Ils s'étaient attendris devant les écureuils et les marmottes et autres petits animaux croisés au détour de leur promenade dans un espace surtout boisé. Fatigués, ils s'étaient allongés au bord du lac aux Castors. Il avait aimé flâner dans le Vieux Montréal, quartier historique situé dans l'arrondissement de Ville –Marie. Il avait aussi voulu allé à la Basilique Notre Dame, qui bien qu'elle portait le même nom que la célèbre basilique de Paris, avait été construite en s'inspirant du style et du symbolisme de la Sainte Chapelle, une autre église de la capitale française. Il y avait admiré des trésors historiques, tableaux, vitraux, bois sculptés…..

Un soir, elle avait même pu se procurer des places pour écouter un concert donné par l'Orchestre Philarmonique de Montréal .Ils avaient traversé diverses places publiques dont la place Jacques Cartier qui, l'été s'encombrait de marchands de fleurs, caricaturistes et autres attractions. Il lui avait offert en souvenir de leur semaine une caricature les représentant tous les deux. Ils avaient fait le tour de la Vieille Ville en calèche. Antonin, emporté par le coté romantique de la ballade, lui avait alors déclaré son amour et l'avait embrassée pour la première fois. Monique avait été aussitôt conquise par ce jeune français fougueux et amoureux. Lui, poussé par son coté impulsif, pensait l'aimer pour la vie. Il n'était pas Bélier pour rien !!!!!! Le reste de la semaine, ils étaient allés entre autre voir la ville souterraine, mais avaient surtout passé beaucoup de temps à l'hôtel à s'aimer. Lorsque qu'était venu, le moment de la séparation, à l'aéroport, il l'avait demandé en mariage.

A son retour en France, ils s'étaient appelés tous les jours. Six mois après, elle débarquait à Roissy et quelques mois plus tard, ils se mariaient. La naissance d'Isabelle, avait été une grande source de joie. Mais, très vite, sa famille, son pays, lui avaient manqué. Antonin se disait qu'elle finirait par s'adapter. Il était là, il y avait leur petite fille si adorable, et une belle maison. Alors, que demander de plus. Ils avaient essayé d'avoir un deuxième enfant, mais aucune grossesse ne se présentait. Il lui faisait découvrir la France, connaitre ses amis….. Il ne voyait pas qu'elle était simplement déracinée. Il avait beaucoup de qualités Antonin, il était tendre, attentionné, aimant, mais il était un peu égocentrique, un homme, quoi, tout simplement.

Lorsqu'Isabelle avait eu quatre ans, il s'était dit qu'il était temps pour sa fille de faire connaissance avec ses grands-parents et ses racines québécoises. Ils étaient donc partis en vacances à Montréal. C'était la première fois qu'ils y retournaient depuis leur mariage. Les parents de Monique étaient venus en France pour la naissance de leur petite fille, mais ils ne s'étaient pas revus depuis .Monique était ravie de ce projet. Cela lui ferait du bien et leur couple y retrouverait peut être son équilibre.

Au retour, Monique qui avait en effet retrouvé un peu de sa gaité, appris qu'elle était enceinte. Malheureusement, l'enfant, un petit garçon, était mort-né. Monique avait alors sombré dans la dépression. Antonin, en avait été aussi très affecté et leur couple avait commencé à battre de l'aile. Elle était alors repartie trois mois chez ses parents avec Isabelle. A son retour, leurs sentiments déjà bien malmenés, n'avaient pas résisté à la séparation. Pour s'occuper et essayer de s'en sortir, elle avait voulu travailler. A cette époque, il avait déjà sa librairie et avait fait jouer ses relations dans le milieu littéraire. Elle avait trouvé un poste de commerciale chez un éditeur.

Sournoisement, c'est à ce moment-là, que l'alcool était entré dans sa vie. Au début, il s'agissait de ce que l'on appelait un alcoolisme festif. Les apéritifs avec les collègues, les restaurants avec les clients, les écrivains. Elle avait aussi pris l'habitude de boire plus que de raison aux petites fêtes avec les amis. Dans ces moments là, il était obligé de rentrer plus tôt qu'il ne l'aurait voulu, pour limiter les dégâts, car elle finissait toujours par se disputer avec l'un ou l'autre, quand elle ne draguait pas ouvertement les maris ! Elle lui faisait de plus en plus honte, et il préférait de plus en plus ne plus répondre aux invitations. D'ailleurs, beaucoup de leurs amis ne se manifestaient plus.

Elle avait fini par accepter de se faire suivre par un psychiatre, mais, Antonin ne le savait pas, elle annulait la plupart des rendez-vous. Avaient alors commencé les tentatives de suicide, où elle conjuguait alcool et médicaments. La plupart du temps, elle ne mettait pas sa vie en danger, mais sombrait dans un sommeil profond, après avoir alerté quelqu'un, où, s'arrangeait pour le faire quand elle savait qu'Isabelle ou Antonin allaient rentrer. Elle inquiétait surtout beaucoup son entourage. Les médecins lui avaient expliqué que si on ne pouvait pas nier son mal être, ce genre de comportement relevait surtout du chantage affectif.

Isabelle, avait donc été très tôt confrontée à la maladie psychiatrique, aussi n'était ce pas un hasard si elle avait choisie d'être psychologue pour enfant.

Il avait bien essayé d'aider Monique à se soigner de son alcoolisme, ils avaient même tenté une thérapie familiale. Elle avait été hospitalisée plusieurs fois en clinique pour des sevrages, mais à peine sortie, elle recommençait à boire. Il s'était même demandé si elle ne continuait pas à boire pendant les hospitalisations. Les psychiatres avaient affirmé qu'elle seule devait prendre la décision de s'en sortir ; et pour cela elle devait déjà se reconnaitre comme alcoolique.

Cette fois-ci, il connaissait le sujet de son chantage. Elle espérait certainement qu'après ça il n'oserait plus l'abandonner et renoncerait au divorce.

En arrivant chez lui, il voit la Toyota d'Isabelle. Raphaël son petit copain est là aussi. Il se sent rassuré, au moins, elle n'est pas seule.

- Maman a recommencé. Elle a avalé des cachets et deux litres de rosé, puis est allée se coucher. En rentrant de chez Sylvie, une amie qu'elle avait plaisir à revoir chaque fois qu'elle revenait à Lattes, j'ai trouvé les boites et les bouteilles vides. J'ai tout de suite compris et ai appelé les pompiers, qui l'ont transportée à l'hôpital. Les médecins lui ont fait un lavage d'estomac, elle est hors de danger.

- Ma pauvre chérie, je suis désolé, c'est encore toi qui a dû tout gérer.

- Ne t'inquiète pas papa, Raphaël était là et toi tu étais chez papy et mamie, eux aussi ont besoin de toi. Et puis, tu sais, n'y va pas, elle m'a dit qu'elle ne voulait pas te voir. Et, elle est tellement ambivalente, elle dit ça et en même temps, elle essaye de te faire renoncer à rompre.

- Je sais, mais cette fois-ci, j'irais jusqu'au bout. Même pour elle, ce n'est pas une situation très saine.

- Un soir où maman n'avait pas bu, elle m'a parlé de son isolement par rapport à sa famille. Ses parents vieillissent et elle aimerait être auprès d'eux. Peut être que le mieux serait qu'elle reparte au Québec.

- Tu as probablement raison, mais toi ?

- Moi, j'ai Raphaël, et puis je t'ai toi. Raphaël et moi, on ira passer des vacances là-bas. Je vais avoir mon CDI à la fin de l'année et Raphaël à un salaire correct en tant que pédiatre à la clinique. Si vous vendez la maison, cela lui permettra de recommencer, grand-père et grand-mère seront très contents de l'avoir de nouveau près d'eux. Elle pourra peut être se refaire une santé et une nouvelle vie.

Il regarde sa fille et, dans un élan de tendresse la serre dans ses bras. Hier encore c'était son bébé, sa toute petite fille et la voilà devenue une femme intelligente et avisée. Il l'a prend dans ses bras et l'embrasse avec toute l'affection d'un père, sous le regard bienveillant et amusé de son futur gendre.

Chapitre 10

L'été est passé très vite. Déjà, la rentrée s'annonce. Les jours raccourcissent, l'automne est sur le point de dévoiler sa panoplie de feuilles mortes. Heureusement, il y a encore de très belles journées et Juliette va pouvoir profiter de quelques jours de vacances pour retourner à la mer, profiter des vagues et de la quiétude retrouvée de la plage.

Au moins cet hiver, se dit –elle, elle ne connaitrait pas la difficulté d'aller travailler avec trente centimètres de neige, ni la galère des routes glissantes et encombrées de Lyon. L'an passé, la neige était arrivée très tôt, fin octobre. Elle avait surpris tout le monde et un soir Juliette était arrivée à l'hôpital avec deux heures de retard. Elle n'a pas oublié le stress généré par une autoroute encombrée de voitures coincées depuis des heures. Des voitures, des cars et des camions qui dérapaient.

Elle n'a pas revu son inconnu, il faut dire qu'elle a changé ses habitudes et n'est pas retournée à Carnon. Elle voulait l'éviter, ce qu'elle ressentait chaque fois qu'elle le voyait lui faisait peur. Il y a à peine un an qu'elle est séparée de Jacques et il lui arrive encore lorsqu'elle pense à lui de ressentir de la colère mélangée à de la peine. Elle ne veut plus vivre d'histoire d'amour et préfère s'en protéger par tous les moyens.

Aujourd'hui, elle a décidé de faire les magasins. Elle a maigri depuis sa rupture et elle se dit que se refaire une garde robe d'hiver ne pourrait que lui faire du bien au moral. Elle en profiterait pour fureter dans une ou deux librairies, une façon pour elle, de se ressourcer. Sa sœur Christine, aurait dû l'accompagner mais en dernière minute une de ses amies lui a demandé d'aller chercher son petit à la crèche. Le lot des mamies retraitées, mais Christine adore pouponner.

Elle se retrouve donc seule à parcourir les rues de Montpellier. Juliette aime cette ville, son ambiance jeune, beaucoup d'universitaires viennent faire leurs études ici. D'après les sondages, un habitant sur cinq est un étudiant. Elle apprécie aussi la vieille ville et ses petites ruelles où le soleil n'a pas le loisir de pénétrer et où il fait bon flâner à l'ombre.

Elle a pris le tramway jusqu'à la place de la Comédie, puis remonte la rue des Loges où elle s'arrête devant quelques vitrines. Puis, au hasard des rues se ballade dans la vieille ville. Elle a toujours apprécié les vieilles pierres et les vieilles maisons, aussi s'attarde- t-elle souvent à les contempler. C'est alors que sur l'une des façades, elle voit une inscription signalant que Jacques d'Aragon est né dans celle-ci le 2 février 1208. Elle se rappelle pour l'avoir lu qu'il avait été roi d'Aragon, comte de Barcelone et seigneur de Montpellier à partir de 1213. Il fut confié en 1215 aux Templiers, qui l'élevèrent au château de Monzon en même temps que son cousin le comte Raymond Bérenger V de Provence.

Tout à coup, elle a comme un flash, elle a quitté les rues de Montpellier pour se retrouver habillée en paysanne dans un petit village. En levant la tête, elle voit alors quatre châteaux construits sur un éperon rocheux au- dessus du village. Elle ne comprend pas ce qui se passe mais elle sait pourtant au fond d'elle-même qu'elle est dans le village de Lastours en pays cathare. En une fraction de seconde, elle est de nouveau dans les rues de Montpellier à notre époque. Un peu étourdie, elle va s'asseoir un moment sur la terrasse d'un café, le temps de reprendre ses esprits. Un peu réconfortée, elle décide de continuer sa promenade. C'est alors, qu'elle passe devant une petite vitrine à l'ancienne, dans une toute petite ruelle, et qui pourrait passer inaperçue s'il n'y avait pas cette petite terrasse où cinq tables tendent les bras aux passants qui veulent se désaltérer. En s'arrêtant pour consulter la pancarte annonçant les consommations, elle s'aperçoit qu'il s'agit en fait d'une petite librairie faisant aussi salon de thé. Elle se souvient être allée une fois dans une librairie du même genre à Lyon et avait beaucoup apprécié le décor, et là comme par magie une force étrange la pousse à entrer.

Alors qu'elle en franchit la porte, elle sent comme la chaleur d'un rayon de soleil se répandre en elle. Un homme est à la caisse et lui propose son aide. L'entrée est toute petite avec un comptoir et ressemble plus à un bar qu'à une librairie, si ce n'est les quelques livres posés sur le comptoir. Il lui indique l'escalier et lui explique que le principal de la librairie est en bas. Elle s'y dirige, descend un petit escalier en colimaçon et là, découvre un dédale de petites pièces voutées, envahies de rayonnages sur lesquelles reposent des livres de tout genre. Juliette, commence à se promener en feuilletant par- ci par- là quelques ouvrages. En arrivant au fond de la boutique, elle aperçoit alors une silhouette de dos. Elle sent son cœur s'emporter. Cette silhouette, ce ne peut être que son inconnu. Il est en train de conseiller une dame agée, qui semble boire ses paroles. Juliette sourit. Il fait même craquer les vieilles dames avec son beau sourire et ses yeux bleus.

Elle va pour ressortir, quand il se retourne et la voit. Antonin, la reconnait aussitôt. Et comment ne pas être certain que c'est elle, alors que son cœur s'emballe comme mille chevaux lancés au galop. Il propose à la dame de parcourir le livre un instant et rejoint Juliette.

-Bonjour, le décor n'est plus le même, mais je suis ravi de vous retrouver.

Elle lui sourit, incapable de lui répondre tant sa gorge est serrée.

-Vous cherchez un livre en particulier ?

-Oui……non ……je ne sais pas !

Elle sourit de nouveau béatement. Il la regarde, il voudrait la prendre dans ses bras ! Il la contemple, le cœur au bord des yeux. Il voudrait lui dire qu'il l'a attendue, qu'il l'a cherchée sur la plage, mais il a peur de la faire fuir. Alors, il lui sourit un peu gauchement.

-En fait, je suis passée devant par hasard et la devanture m'a attiré.

D'autant plus, que je ne peux m'empêcher de rentrer dans une librairie, j'adore les livres. J'aime en acheter, c'est mon pêché mignon. Une fois lus, j'ai besoin qu'ils rejoignent les autres sur les rayons de ma bibliothèque. J'ai besoin de savoir que je peux les relire à tout instant, c'est pour moi de vrais petits bonheurs. Tout à coup, elle se tait, elle-même, étonnée par ce flot de paroles.

-Et si un Dieu avait guidé vos pas, jusqu'ici ?

-Qui sait ! …… Ils se regardent et ensemble éclatent de rire .

-Vous êtes chez vous, furetez autant que cela vous fera plaisir.

Les yeux de Juliette se posent alors sur différents ouvrages sur l'ésotérisme. L' un d'eux, intitulé « Les âmes sœurs » retient son attention.

-Vaste sujet que celui-ci. Savez- vous que Platon dans son livre « Le banquet » évoque le fait que les êtres humains à l'origine, auraient été constitués de quatre bras, quatre jambes, et d'une seule tête à deux visages. Zeus, qui aurait craint leur pouvoir, les aurait coupés en deux, les condamnant à passer le reste de leur existence à rechercher la part manquante.

-Oui, j'en ai entendu parler. Ma marraine, simplifie en disant que l'on a tous une moitié d'orange que l'on doit retrouver pour être heureux.

-J'aime beaucoup cette version ! Puis-je vous offrir quelque chose à boire, comme vous l'avez vu, on fait aussi un peu salon de thé.

-Je suis désolée, mais je travaille cette nuit et je dois rentrer.

Déçu, Antonin ne veut pas croire qu'il va la perdre de nouveau.

-Je reviendrais…….promis……. votre boutique me plait beaucoup, je m'y sens bien.

Avec un sourire lumineux, elle se dirige vers la porte et s'en va.

Qu'importe qu'elle revienne pour son magasin, ce qui compte pour lui, c'est l'espoir de la revoir.

Chapitre11

En arrivant à l'hôpital hier soir, le service est en effervescence. Une des infirmières, vient d'être hospitalisée, après avoir été agressée par un psychopathe. Celui-ci, est rentré dans le bureau infirmier, et comme Anna occupée au téléphone, lui avait demandé de patienter quelques instants en salle d'attente, il avait commencé par l'insulter puis s'était précipité sur elle en hurlant pour la frapper à grand renfort de coups de pieds et de poings dans la tête. Surprise par la violence des coups, elle n'avait pu se protéger. Le médecin, une femme, qui se trouvait dans la pièce, n'avait pas eu la force d'intervenir mais, avait heureusement eu la présence d'esprit d'appuyer sur le bouton d'appel à l'aide, ce qui correspond à un système d'alarme qui sonne dans tous les services. Malgré la rapidité de l'intervention des infirmiers et du service de sécurité, il avait fallu un certain temps pour maîtriser le patient qui avait été contenu et mis en chambre d'isolement. Anna, elle, avait perdu partiellement l'usage d'un œil et d'une oreille, sans compter tous les hématomes qu'elle avait sur le visage. Il lui faudrait plus d'un an pour récupérer physiquement et moralement, et ne reviendrait jamais travailler en milieu psychiatrique. Le patient, lui, ira au tribunal et sera condamné à six mois de prison, dont trois mois avec sursis.

Seul un petit entrefilet dans le journal régional avait relaté les faits.

La nuit a été compliquée. Cet accident, a fait resurgir la peur qui est enfouie en chacun d'eux. D'autant plus que cela s'est produit quelques temps après le drame de Pau où deux infirmières y avaient laissé la vie. Il y avait eu aussi en 2002, un infirmier d'un autre hôpital de Lyon tué par arme blanche par un patient délirant.

Pour Juliette, cela a fait ressortir des situations de violences verbales qu'elle avait subites quelques mois en arrière. Elle avait été menacée de mort par un psychopathe. Il lui avait juré qu'il la retrouverait à l'extérieur et qu'il lui ferait la peau. Il lui avait décrit avec force détails, ce qu'il lui ferait subir. Au moment où cela s'était produit, elle pensait que cela faisait parti des risques du métier, et qu'il n'y aurait pas de conséquences.

Pourtant, Juliette était venue pendant plusieurs mois à l'hôpital la peur au ventre, cela restait plus ou moins inconscient mais le soir lorsqu'il fallait qu'elle parte travailler, l'angoisse s'emparait d'elle. Elle avait aussi développé une sorte de phobie sociale .Elle ne supportait plus d'aller au cinéma ou au restaurant, car prise de crise d'angoisse dès qu'elle était entourée de trop de personnes. La colère qu'elle avait en elle du fait de l'indolence de Jacques vis-à-vis de leur situation avait alors décuplé au vu de cet événement. Elle se sentait sans arrêt irritable et cela était difficile à vivre. Il n'avait rien vu ou rien voulu voir de son malaise, parfois il trouvait même drôle d'en plaisanter. Trop occupé par les problèmes qu'il rencontrait au travail, de son ras le bol et de ses envies de changement ce dont il aimait discuter avec Juliette. Pourtant, c'était tout bonnement, de l'ordre de ceux que l'on trouvait dans toutes les entreprises, dues à la crise et aux restrictions gouvernementales, et qui était le lot de tous les travailleurs, mais Jacques pensait être le seul à ressentir cela. Malgré tout, elle essayait de rester disponible pour l'écouter et le rassurer. Lui, par contre ne l'avait pas du tout soutenue et n'avait même pas cherché à comprendre ce qui se passait en elle. Il voyait qu'elle s'éloignait de lui, mais ne tentait rien pour reconstruire leur couple. Il se contentait de faire l'autruche se disant qu'un jour cela s'arrangerait. Cela avait été une des causes qui avait amené Juliette vers la rupture.

A cette époque, elle ne se trouvait bien que chez elle, c'était le seul endroit où elle se sentait en sécurité. C'était avant les dernières vacances passées ensemble. Elle aspirait à se reposer, sans bouger de son appartement ou au besoin, se retrouver à la campagne, ou à la montagne, loin de tout. Elle aurait aimée partir seule avec lui, dans un lieu un peu isolé où ils auraient pu faire de la randonnée, un peu de vélo et où ils auraient surtout pu se retrouver en amoureux. Au lieu de ça, Jacques avait organisé un périple en moto avec sa bande d'amis afin d'aller voir un Grand Prix Moto en République Tchèque. Ce genre d'événement rassemblait environ 64000 spectateurs, ce qui n'était guère alléchant pour Juliette. Ils étaient donc partis à huit, en moto, pour une durée de dix jours. Leur couple était déjà sur une pente glissante depuis plus d'un an et ce voyage avait marqué le début de la fin de leur histoire. D'ailleurs, jusqu'à la veille du départ, Juliette mal dans sa peau, avait hésité à annuler ces vacances. Elle avait trop besoin de se ressourcer, et comme souvent, seule la solitude aurait pu l'y aider. Elle y était finalement allée, voulant faire plaisir à Jacques.

Cependant, mal dans sa peau, elle s'était sentie en décalage, peu intégrée au groupe et à leur façon de fonctionner. Elle profitait le soir, lorsqu'ils arrivaient à l'hôtel, du rituel de l'apéritif, pour se retirer un moment dans la chambre et y retrouver un peu de sérénité sous la douche, puis dans un peu de temps passé à lire. Elle finissait par les rejoindre pour le repas et là, la discussion tournait sempiternellement autour de la moto, puis de la moto et encore …… de la moto. Mais aussi de leurs exploits lorsqu'ils étaient jeunes, période à laquelle Juliette évidement ne faisait pas partie du groupe.

Ils avaient pourtant terminé le voyage tous les deux, la moto étant tombée en panne. Ils avaient d'ailleurs risqué l'accident grave puisque la roue arrière était sur le point de se dévisser. C'était juste avant Brno, ville où avait lieu le Grand Prix. Le dimanche soir, le groupe était reparti. Jacques et Juliette étaient restés à l'hôtel, mais sans moyen de locomotion, ils avaient plusieurs fois visité la ville pas très étendue et bien que très intéressante, finit par la connaitre par cœur.

Trois jours après, ils avaient repris la route du retour, mais en plein mois d'août, cela avait parfois été ardu de trouver des hôtels. Un soir, en Autriche, ils avaient même failli dormir dans la gare. Elle était revenue encore plus fatiguée et ne souhaitant que se retrouver enfin seule.

Donc, ce matin là, bizarrement, la dernière année vécue avec Jacques lui était revenue en mémoire en rentrant chez elle. Sans doute à cause du trouble qu'avait provoqué en elle l'accident de sa collègue. Une certaine mélancolie l'avait alors envahie. Elle eut soudain envie d'aller à la librairie, elle avait besoin de se retrouver dans une ambiance rassurante. Même, si à ce moment là, elle ne veut pas encore se l'avouer, elle souhaite avant tout revoir Antonin. Elle irait cet après-midi en se réveillant.

Chapitre 12

Ce matin, Jean- Luc a appelé Antonin. Il lui propose de se retrouver le midi au Parc de Grammont pour faire un footing. Ils essaient d'entretenir leur forme, en allant courir au moins une fois par semaine. Parfois, ils vont sur la plage ou au bord du Lez, selon la météo et leur motivation.

En général, ils en profitent pour faire une pause et discuter. Car si l'on dit, les femmes bavardes, les hommes n'ont rien à leur envier. Jean- Luc est arrivé avec un quart d'heure d'avance. Il est excité comme un collégien, par ce qu'il veut raconter à son ami.

Il profite du temps qu'il a devant lui, pour admirer le cèdre du Liban gigantesque et majestueux qui trône à l'entrée du parc. On s'y sent à l'abri sous ses branches. D'ailleurs, certaines trop lourdes, doivent être soutenues par des béquilles. Lorsqu'Antonin arrive, il se dit que ce parc à l'anglaise est vraiment un petit paradis .Il se rappelle pour l'avoir lu dans un guide de Montpellier, que vers la fin du XIème siècle, des moines de l'ordre de Grandmont, étaient venus s'établir dans la solitude d'un plateau caillouteux. Du monastère, seule reste la salle des mariages.

Antonin aperçoit son ami, en train d'enlacer l'arbre. Enfin, une petite partie, étant donné que celui-ci, à six mètres de circonférence pour vingt mètres de hauteur.

-Salut ! Que fais –tu ? Ta nouvelle fiancée ? Tous les deux éclatent de rire.

-Je prends un peu de sa force et de son énergie, ça fait du bien, tu devrais essayer.

-Pourquoi pas, mais pour l'instant si on commençait par courir. Et puis, arrête de lui prendre son énergie où, je ne vais pas pouvoir te suivre ! dit-il en plaisantant.

Antonin a bien remarqué que son ami parait impatient. Qu'a-t-il donc à lui dire ? A-t-il décidé de demander Agnès en mariage et demander à Antonin d'être son témoin ?

Ils courent un moment en silence, puis après quelques étirements, décident de faire une pause devant la carrière du Centre Equestre. Ils regardent les quelques cavaliers s'entrainant aux sauts d'obstacles.

-Alors ? dit Antonin. Qu'as-tu à me raconter ?

-Comment sais-tu que j'ai quelque chose à te dire ?

Antonin sourit.

-Cela fait un bon moment que tu piaffes d'impatience et je te connais suffisamment.

Jean-Luc ne se fait pas prier plus longtemps, trop désireux de faire ses confidences.

-Tu te rappelles, lorsque nous étions gamins, mes parents avaient une amie qui était nourrice et qui s'occupait très souvent de Cécile, ma sœur. Rappelle-toi, mes parents venaient de créer leur entreprise et ma mère s'occupait de la comptabilité. Cécile qui était une enfant craquante, malgré tout pleurait beaucoup et la seule à la calmer était cette amie.

-Madame Castel ? Bien sûr que je me souviens d'elle. Une femme très gentille, elle faisait souvent des gâteaux et nous invitait pour goûter, Elle avait une fille, il me semble ?

-Oui, Annie, elle avait un an de plus que nous.

-Et mignonne si je me souviens bien !

Madame Castel et son mari avaient une maison en bord de mer à La grande Motte et ils m'emmenaient l'été durant une quinzaine de jours. Elle disait que cela permettait à Annie de moins s'ennuyer puisqu'elle était fille unique.

-Il me semble même que tu avais un petit faible pour elle !

-Plus on grandissait, plus mon amour pour elle, grandissait aussi ! Mais, à l'époque beaucoup trop timide pour le lui avouer. Quand elle s'est mariée, j'ai détesté son mari et quand elle a eu son premier enfant, j'aurais voulu être le père. Pourtant, c'est surtout après moi que j'étais en colère pour l'avoir laissée m'échapper. La vie nous a ensuite séparé, nous avons chacun suivi notre route. J'avais tout de même de ses nouvelles par ma mère qui les tenaient elle-même de son amie.

Un moment de silence s'installe entre les deux amis. Tous deux sont envahis par un sentiment d'amour magique. Les voilà revenus à la période de leur adolescence, à ce moment là, l'avenir s'ouvrait devant eux.

-Je l'ai revue !

Antonin sursaute. Après l'incursion dans son adolescence, il s'était envolé bien loin de son ami, sur une étoile appelée Juliette.

-Je l'ai revue ! répète Jean-Luc.

-Quand et où ?

Maintenant, Antonin veut tout savoir des confidences de son ami, de son frère.

-Il y a un mois, j'étais allé voir ma mère qui avait eu la grippe et qui avait été fatiguée. Madame Castel était là, elle lui rendait visite. Annie l'accompagnait. Je crois que ma mère et Madame Castel avaient plus ou moins dans l'idée que l'on se revoie.

Elle habite Aix- en –Provence, est divorcée et est à la retraite depuis un an. Elle était institutrice. Elle a deux enfants, un garçon et une fille, tous les deux mariés. Elle est la mamie de cinq petits enfants. Elle est restée comme dans mon souvenir, toujours aussi belle et douce. Jean-Luc ne tarie pas d'éloges. Antonin sourit, il en aurait autant à dire au sujet de Juliette.

Décidément, les débordements affectifs de son ami le ramènent encore à lui et à son doux rêve.

-Tu m'entends ? Jean-Luc s'est bien aperçu que son ami avait tout à coup l'esprit ailleurs.

-Excuse-moi, je t'écoute.

-Nous sommes allés faire un tour dans le village. Notre enfance et adolescence nous ont tout à coup envahis. C'était comme si on ne s'était jamais quittés. Tous nos souvenirs d'enfance ont ressurgi : la chasse aux lézards, les cerises que l'on allait chaparder dans l'arbre……Je me suis rappelé aussi ces instants merveilleux lorsque je la raccompagnais après qu'elle soit venue diner à la maison. Le temps a passé si vite, que nos mères se sont demandées si l'on ne s'était pas perdu.

- Je ne m'attendais pas à ça ! Et moi qui pensais que tu allais m'annoncer ton mariage avec Agnès.

-Ne m'en parle pas. Elle se doute de quelque chose. Elle est folle de jalousie. Elle me harcèle de SMS pour savoir où je suis quand je ne suis pas avec elle.

-Mais, Annie tu l'as revu depuis ?

- Nous nous sommes téléphoné plusieurs fois. Elle est revenue chez sa mère, un autre dimanche et nous sommes allés au restaurant.

-Et ?

-C'était parfait. Je lui ai avoué l'amour que j'avais pour elle quand nous étions jeunes. Elle n'a pas eu l'air insensible, elle a rougi comme une adolescente, elle m'a ému et j'ai compris que je n'avais rien oublié et que je l'aimais toujours autant. Mais, je parle, je parle et toi, Monique, ton divorce, où en es tu ?

- Tu sais qu'elle a refait une tentative de suicide. Cette fois-ci, je lui ai bien dit que je ne céderais pas au chantage et ai pris rendez-vous chez un avocat, pour entamer la procédure de divorce. Il me semble qu'elle commence à l'accepter. Je crois qu'elle a compris que je ne fléchirai pas. Isabelle lui a parlé, elle dit envisager la possibilité de retourner à Montréal. Elle ne s'est jamais vraiment adaptée à la France et elle aimerait être prés de ses parents qui sont âgés maintenant.

Après tout, ça serait la meilleure solution pour elle. Et toi, tu ne me caches rien ?

Non……pourquoi ? Enfin, si, peut être un peu……mais trop tôt pour en parler.

Jean-Luc rit.

-Oh là, là….. Je t'ai connu plus impulsif et téméraire, mais j'attendrais que tu ais envie de m'expliquer. Ne tarde pas trop quand même, j'ai hâte de tout connaitre sur cette merveille qui te rend si mystérieux, dit-il en riant.

Entre temps, ils se sont remis à marcher et se sont assis sur un banc pour manger leur sandwich, puisque ce midi ils n'auraient pas le temps de consommer plus. Face à eux, se trouve une riche résidence de campagne des aristocrates du XIIIème siècle, et que l'on appelait les Folies Montpelliéraines. Bizarrement, Antonin en regardant cette bâtisse, voit le visage de Juliette s'y superposer et se sent pris d'un vertige qu'il ne comprend pas.

Chapitre 13

Elle s'est réveillée tard. Sans doute le stress de la nuit avait fait qu'elle s'était endormie très difficilement. Heureusement, elle est en repos pour trois nuits et elle peut tout de même aller à la librairie. Elle y arrive peu de temps avant la fermeture. La boutique semble vide, à part un couple de touristes allemands s'attardant à une des tables dehors.

Antonin, est seul. Il la voit approcher et lui sourit affectueusement. Il ne peut empêcher ses yeux de refléter ce que son cœur ressent. Et son cœur, est plein d'un sentiment qu'Antonin ne peut contrôler.

Pour une journée de septembre, il a fait très chaud, aussi Juliette s'est-elle mise en jupe avec un petit débardeur vert qui lui va à merveille. Elle resplendit, il la regarde attendri. Elle, elle se sent belle dans ce regard qu'il lui renvoie, et là tout à coup, dans cette petite librairie à l'image d'une échoppe du temps passé, elle a envie de plaire, elle a envie d'exister.

-Bonjour ! Je craignais que vous ne reveniez pas.

Il ne fallait pas, je tiens toujours mes promesses, lui répond-t-elle dans un sourire resplendissant.

Pourtant, dans ce sourire, il y a quelque chose d'indéfinissable, une certaine tristesse, une certaine émotion qu'elle voudrait dissimuler bien au-delà de son regard.

-Vous voulez faire le tour de mon humble commerce, ou acceptez-vous que je vous offre un verre. J'allais fermer mais pour vous je pourrais rester ouvert toute la nuit ! Il rit.

Malgré elle, Juliette rougit.

-Pourquoi pas !

En cet instant, il se sent tellement heureux.

-Installez-vous dehors, je prépare deux jus de fruit et vous rejoins.

Ils commencent par parler de littérature, puis de la région, de la ville. Il lui explique que Montpellier est une ville relativement récente. Elle n'a qu'à peu prés 1000 ans, contrairement à des villes comme Béziers, Narbonne ou encore Nîmes qui elles, ont plus de 2000 ans. En fait, lui dit-il, c'est le comte de Melgueil qui avait offert un domaine de bois, de vignes, et d'oliviers au chevalier de Guilhem en remerciement de son dévouement. Ce domaine s'étendait des rives du Lez à la Mosson. Ce chevalier et sa descendance y construisirent la ville.

-Je pourrais vous prêter un guide, j'en ai plusieurs qui sont très bien étudiés et qui permettent de découvrir, avec plaisir, Montpellier et sa région. Mais elle se dit que lui-même est un puits de connaissances et qu'elle ne boude pas son plaisir de l'écouter.

La conversation dévie naturellement, sur son arrivée à Montpellier. Elle lui explique qu'elle n'est là que depuis quelques mois. Sans même s'en rendre compte, elle lui parle de la rupture avec Jacques, de son métier, de la nuit passée, de l'agression de sa collègue, de tout ce que cela a remué en elle, des souvenirs douloureux qui ont ressurgi. Spontanément, elle se confie à lui. Et lui, il l'écoute, sans l'interrompre. Parfois, quand elle lui parle de son enfance, de son adolescence, de ses enfants, il en a les larmes aux yeux. Instinctivement, il lui prend la main. Elle ne la retire pas. Quand il la sent trop émue, il la lui serre tendrement ou lui caresse du bout des doigts, tout en légèreté.

Quand elle s'arrête de parler, les touristes allemands sont partis depuis longtemps et il fait sombre. Ils sont aussi étonnés l'un que l'autre d'être encore là. Ils n'ont pas vu le temps passer, ils ne se sont pas aperçus que Montpellier revêtait son manteau de nuit. Ils sont seuls au monde.

Elle ne se reconnait pas dans cette femme logorrhéique. Comment a-t-elle pu se confier autant à un presqu'inconnu. Et pourtant, lui est-il si inconnu que ça ????? Au même instant, elle pense à Jacques. Il lui aurait, depuis longtemps, coupé la parole pour lui parler de lui ou alors son esprit se serait envolé vers d'autres pensées et Juliette aurait parlé dans le vide. Antonin, lui tient toujours la main. Il ne s'est pas lassé de l'écouter. Au contraire, il a pris plaisir à l'entendre, à la découvrir. Son cœur s'est mis à battre plus vite. Comme il aimerait qu'elle le laisse l'aimer. Un peu gênée, elle retire sa main, presque à regret.

-Juliette……..

Mais, il s'arrête. Il ne doit pas aller trop vite. Il ne doit surtout pas la faire fuir.
Elle se tourne vers lui, et attends la fin de la phrase.

-Non, rien.........Enfin, si, vous n'avez pas faim ?

-Un peu, je vais rentrer, il se fait tard.

-Acceptez que je vous invite.

Elle hésite. Il est suspendu à ses lèvres, il voudrait tant qu'elle accepte, mais il ne veut pas qu'elle se sente oppressée.

-Et puis, pourquoi pas ! Vous pensez qu'il n'est pas trop tard ?

Il l'emmène place Saint-Roch. A l'ombre de l'église, plusieurs restaurants sont encore ouverts. Ils s'installent en terrasse. La conversation redevient plus légère. Il lui explique que l'église Saint-Roch est un lieu d'accueil pour les pèlerins qui accomplissent le chemin de Compostelle. Cela date du Moyen-âge, époque à laquelle, ceux-ci avaient le droit de séjourner dans la ville deux jours et trois nuits, ils en profitaient pour se reposer et faire des provisions. Il lui raconte aussi l'histoire de Saint-Roch : né en 1340, il fut orphelin très jeune et élevé par un oncle. A ce moment, Juliette a de nouveau comme une vision. Mais, Antonin est intarissable et intéressant, et son léger malaise s'évanouit très vite. Elle se reconcentre sur l'histoire de Saint Roch . A sa majorité, il redistribua ses biens aux pauvres et partit en pèlerinage pour Rome. Il s'employa à s'occuper des malades atteints de la peste noire. A l'évocation de cette maladie, le cœur de Juliette se serre, elle ne comprend pas pourquoi. Il finit lui-même par attraper la maladie. Il se retire alors dans une forêt où il survit grâce à un chien qui vint tous les jours lui apporter un pain chapardé à son maitre. Lorsqu'il revient dans sa région, il est défiguré, on ne le reconnait pas, il est jeté au fond d'un cachot où il meurt en 1378.
Juliette est séduite par sa culture et ne se lasse pas de l'écouter.

-Désolé, je m'emballe ! N'hésite pas à me dire si je t'ennuie.

Inconsciemment, il est passé au tutoiement. Amusée, elle décide de faire la même chose.

-Bien au contraire ! Je me disais que tu avais raté ta vocation de guide !
Tous les deux éclatent de rire.

Pour toi, je pourrais être le meilleur des guides.

Elle le regarde conquise, mais laisse un instant le silence s'installer.

-Et si on commandait le dessert ?

- Gourmande ?

-Oui, répond-elle amusée.

Il lui parle alors un peu de lui. Ils ont soif de mieux se connaitre.

Cette fois-ci, elle doit rentrer, elle se sent un peu fatiguée. Il la raccompagne à la station de tram, place de la Comédie. Il ne fait pas froid, pourtant, elle a un frisson. Antonin lui pose son pull sur les épaules. Lorsque le tram arrive, elle veut le lui rendre.

-Garde-le, je ne voudrais pas que tu prennes froid. Et, ça te fera l'occasion de repasser me le rapporter ! lui dit-il avec son sourire charmeur. A ce moment là, il lui dépose un baiser plein de tendresse sur la joue, juste pour lui dire qu'elle n'a pas à avoir peur, qu'il ne lui fera pas de mal, comme en réponse à sa réflexion muette de tout à l'heure.

-A bientôt !

En rentrant chez elle, Juliette est sous le charme de la soirée. Elle s'endort la tête dans les étoiles. Cette nuit, ses rêves seront peuplés de merveilles.

Chapitre 14

Juliette vient juste de sortir d'un sommeil profond. La soirée d'hier encore en mémoire, et une sorte de bien-être et d'enchantement qui s'y rattache. Pourtant, quelque chose la trouble. L'impression d'être encore dans le rêve fait cette nuit et qui parait tellement s'entremêler à la réalité actuelle avec Antonin. Ce rêve qui lui parait en plus si réel. Elle voudrait ne pas s'éveiller, continuer ce songe. Il lui semble qu'elle ne doit pas s'arrêter là, qu'à la fin de celui-ci, il y aura une vérité, une explication qui lui révélera son destin, mais aussi un passé lointain. Elle ne veut pas se lever, de toute façon il pleut, elle voudrait se rendormir. Puis, dans une semi-conscience, petit à petit des images se dessinent devant ses yeux.

Elle se voit petite fille, mais pas à l'époque de son enfance, comme dans une autre vie. Elle a huit ans. Elle est assise près d'un grand feu. Un homme grand, fort, torse nu, recouvert d'un grand tablier protecteur travaille le fer en le faisant chauffer à l'aide d'une pince. Puis, il va le poser sur l'enclume et avec son marteau, lui donne la forme d'une fourchette, d'une épée ou d'un fer à cheval, suivant la commande reçue. Quelques fois, les seigneurs du château lui demandent des bijoux dont se pareront leurs gentes dames.

L'homme la regarde et lui sourit. Elle sait qu'elle n'a rien à craindre de lui. Au contraire, il lui dit de ne pas trop s'approcher du feu, que c'est dangereux. Elle aime venir dans la forge regarder son oncle travailler. Elle y voit quantité de personnes. Entre autre, les châtelains et leurs beaux atours. Elle prend plaisir aussi, à caresser leurs chevaux qu'ils amènent pour être ferrés. Mais, ce qu'elle préfère par-dessus tout, c'est lorsque le chevalier Enguerrand vient à la forge accompagné de son fils cadet, le jeune Colin, qui du haut de ses quatorze ans, a déjà fière allure. Et puis, son sourire d'ange quand il la regarde, envoute déjà Isabeau malgré son jeune âge. D'ailleurs, Jehan n'aime pas ce lien qui semble se créer entre les deux enfants. Un fils de seigneur ne s'intéresse pas à une simple paysanne ou plus tard et pour la culbuter et alors amener le malheur sur elle et sa famille. Mais pour le moment, Isabeau est trop jeune et trop innocente pour comprendre de telles pensées, mais lui....... A quoi pense-t-il ? C'est déjà un jeune homme, et tellement beau.

Loin de toutes ces pensées, Isabeau voit sa tante Jeanne approcher, un panier à la main. Elle sait qu'elle va l'emmener dans la garrigue cueillir diverses plantes, qui serviront à fabriquer multiples onguents et potions pour soigner tous ceux qui viendront la solliciter. Jeanne, est l'herboriste du village. Elle connait le secret des plantes. C'est un savoir qui se transmet généralement de mère en fille. Mais, son oncle et sa tante n'ont pu avoir d'enfants malgré les connaissances herboristes de Jeanne. Aussi, c'est Isabeau qui assurera la continuité. D'ailleurs, elle prend plaisir à accompagner Jeanne dans la garrigue et à l'écouter lui parler des pouvoirs secrets des fleurs et autres racines.

Au retour, elles passeront par le petit cimetière, déposer un bouquet de fleurs sauvages sur la tombe de sa maman. Isabeau se sent triste quand elle pense à elle. Elle ne l'a pas connue, puisque celle-ci est morte en lui donnant la vie. La faiblesse due à la famine et un accouchement difficile avait eu raison de la pauvre Hermine. Quand à Roland, son père, éploré par la perte de sa femme tant aimée, n'avait même pas eu un regard pour cette toute petite fille pleurant doucement et presque inerte mais qui ne demandait qu'à vivre, malgré le peu de force qu'elle avait. Jeanne, l'avait donc tout naturellement adoptée, n'était-ce pas la fille de sa petite sœur. Son mari et elle l'avait très vite considérée comme leur propre fille. A force de bons soins et d'amour, Isabeau avait grandi et était aujourd'hui, une enfant joyeuse, intelligente et pleine d'entrain qui faisait la fierté de Jeanne et Jehan.

Comme toujours, en chemin, Jeanne explique les bienfaits mais aussi les risques que recèlent chaque plante cueillie. Il y a, par exemple, la menthe qui servira pour ses vertus aphrodisiaques, pour les menstruations faibles ou douloureuses, mais aussi pour chasser les puces des paillasses ou les rongeurs des sacs de graines. Alors, qu'elles atteignent la forêt, Jeanne montre un arbre à Isabeau. Elle le connait bien, c'est le tilleul, elle aime se coller à son tronc, c'est comme s'li lui donnait un peu de force. Souvent l'été, c'est là que Jeanne sort le pique –nique. Elles aiment profiter de sa fraicheur et de son ombre. Jeanne en profite alors pour rappeler quelques éléments essentiels à propos de cet arbre et de ses propriétés.

-Tu te souviens de ce que je t'ai appris la dernière fois ?

- Oui. On peut ramasser les fleurs qui feront de très bonnes tisanes apaisantes et calmantes et qui procureront un bon sommeil. Elles soulagent aussi les coliques.

- Très bien Isabeau. Mais, que t'ai-je encore appris au sujet de ce géant.

- Si l'on récolte la couche située entre le bois dur et l'écorce et qui s'appelle l'aubier, on peut en faire des décoctions qui serviront alors dans les crises de goutte, pour les rhumatismes mais aussi les migraines.

-Pourquoi doit-on la préparer en décoction ?

-C'est une partie très dure.

-Peut-on la récolter toute l'année ?

-Non, seulement au moment de la montée de la sève, au printemps.

Jeanne la regarde attendrie, elle fera une bonne herboriste. Une grande mémoire et déjà beaucoup de savoir faire.

Après un repas constitué principalement de pain et de fromage, mais aussi quelques fruits cueillis dans le verger avant de partir, elles continuent leur chemin.

Jeanne, lui montre une plante haute de trente centimètre, avec de jolies fleurs blanches verdâtres, mais qui peuvent aussi être bleues ou pourpres et qui dégage une odeur très forte.

-Tu devras être très prudente avec elle, enfin c'est la racine que tu utiliseras.

-C'est la mandragore ?

-Oui. Elle sera très utile pour aider aux accouchements et pour les morsures de vipère. Mais aussi, très dangereuses, car prise en trop grandes quantités elle peut être mortelle. C'est une œuvre du Diable.

Isabeau est très impressionnée par les paroles de sa tante. Elles finissent en ramassant de la laitue sauvage qu'elle utilisera contre l'insomnie, ramassent aussi des soucis pour en faire des onguents pour les plaies, les brûlures et l'eczéma.

A ce moment, le téléphone sonne. Juliette reprend pied dans la réalité, un peu hébétée. Le temps qu'elle se lève, c'est la sonnerie des messages qu'elle entend.
C'est Antonin, il veut juste prendre de ses nouvelles et savoir si elle a bien dormi.

Chapitre 15

L'hiver est arrivé doucement, avec son cortège de pluies et d'inondations. Une fois de plus, le Lez est sorti de son lit. Juliette en avait souvent entendu parler par Christine, mais ne l'avait jamais vu. Mais là, elle n'habite pas très loin, et y passe en tramway chaque fois qu'elle va à Montpellier. Elle en est abasourdie, c'est impressionnant. Les rives, où elle s'asseyait pour lire sont recouvertes d'eau.

Par contre, la douceur du sud même en hiver, lui fait vite oublier les rigueurs de l'hiver en Isère. La neige et le froid sont presque effacés. Avec cet oubli, commence à venir celui de Jacques. A quoi bon se faire du mal en pensant à lui. Juliette se dit qu'elle doit arrêter de regarder en arrière, son avenir est devant et il s'appelle peut être Antonin.

Depuis quelques mois, une tendre complicité les unit. D'ailleurs depuis que son divorce est bien engagé, et qu'il se sent plus libre, il est de plus en plus présent auprès de Juliette. Il ne sait que faire pour lui faire plaisir. S'il le pouvait, il lui décrocherait la lune.

Le dimanche ou le lundi après-midi, jour de fermeture de sa librairie, il vient la chercher et ils vont se promener sur la plage déserte à cette époque de l'année. Ils aiment se retrouver ainsi seuls au milieu de cette immensité. Ils s'assoient sur le sable, face à cette méditerranée, qui certains jours prend des allures d'océan, les vagues, n'ayant rien à envier à celles de Bretagne, viennent mourir à leurs pieds. Parfois, le silence vient remplacer leurs longues conversations. Dans ces moments- là, nostalgique, elle pose la tête sur son épaule, le regard perdu au loin. Lui ne bouge pas, il ne veut pas troubler ce moment d'intimité. Il sait qu'elle n'est pas prête, elle sait qu'il ne la bousculera pas. Alors, elle se laisse aller, il la laisse venir à lui.

D'autres fois, ils vont se promener dans les rues de Montpellier. Ces jours-là, il ose lui prendre la main, ils se sentent alors en symbiose et parfaitement heureux. Il prend plaisir à lui faire découvrir sa ville, qui au Moyen-âge, lui explique t-il, était espagnole. Puis, est redevenue française en 1349. A l'évocation de cette date, Juliette a encore un flash, elle se voit entourée de flammes. Cela ne dure qu'une fraction de seconde, mais elle ressent à la fois une peur mêlée d'une certaine paix.

Ce jour-là, après avoir contourné l'église Saint Roch et passé par la rue Voltaire, ils sont arrivés dans la rue de l'Ancien Courrier, là où passaient les voitures postales. Un petit escalier sur la droite, les a alors menés sur la place Ravy. Ce n'est pas la première fois qu' Antonin traverse cette petite place avec sa fontaine située au milieu, mais alors qu'il tient la main de Juliette dans la sienne, il ressent une étrange impression. L'impression d'être à une autre période, au même endroit. Il est devant les étals de nombreux marchands. Il se trouve au milieu de marins, pèlerins, étudiants et artisans, savants ou médecins, tous de différentes nationalités, de différentes religions. Il est dans la foule, bruyante, accompagné d'une petite fille, belle comme un cœur, avec ses longs cheveux blonds et ses yeux bleus. Elle a environ huit ans, vêtue d'une robe longue qui dépasse légèrement de sa pèlerine. Elle rit et part en courant à travers la foule. Il a peur de la perdre, il n'a plus qu'elle au monde. Après la mort de sa mère sur le bûcher, il a préféré venir en ville. L'an dernier, Montpellier a été revendue au roi pour une somme de 120 000 écus d'or. Il pense que Blanche y sera plus à l'abri, loin des révoltes paysannes, mais aussi de la haine de son grand-père Enguerrand. Il a aussi pour ambition, plus tard, de la voir intégrer l'Ecole de médecine de cette ville qui est une des plus prestigieuses de France, depuis que celle-ci, grâce au médecin Guy de Chauliac a obtenu du pape la permission d'y faire des autopsies. En étudiant, elle pourra légalement exercée la médecine, et ce sera comme une revanche sur le destin tragique d'Isabeau, qui ne voulait que soigner son prochain. Il la suit et lui pose tendrement la main sur l'épaule.

-Blanche, attends-moi !

Il sent alors une main sur sa propre épaule et aussitôt se retrouve sur la même place mais en 2011, face à une Juliette très inquiète.

-Que t'arrive-t-il ? Tu m'as appelé Blanche, tu m'as lâché la main et demandé de t'attendre !

- Et puis, regarde toi, tu es blanc comme un linge !

-Rien.........je ne sais pas..........un léger malaise.........ça va passer, ne te fais pas de souci ! La foule peut être, je me suis senti oppressé.

Juliette fait le tour de la place du regard, il n'y a personne, ils sont seuls. Cela lui rappelle étrangement ce qui lui était arrivée rue Jacques d'Aragon.

Elle ne dit rien. Ne va-t-il pas la prendre pour une folle ! Ils redescendent sur la place Saint Roch.

-Viens t'asseoir un moment, on va aller boire quelque chose de chaud !

-Oui, tu as raison.

Lui non plus, ne veut pas reparler de ce qui s'est passé. Elle pourrait le prendre pour un malade mental qui a des hallucinations. D'ailleurs n'est-ce pas ça ? Le silence s'installe entre eux, chacun dans ses pensées. Et pourtant, s'ils savaient que leurs pensées se rejoignent dans une parfaite osmose.

Souvent, au cours de leur promenade, des anecdotes de leur vie, leurs reviennent en mémoire. Comme cette fois où ils s'étaient promenés place Jean Jaurès. Ils avaient lu dans » le petit guide de Montpellier »qu'il existait à cet endroit, une basilique « Notre-Dame-des-Tables »qui avait été dédiée à la Vierge noire et que les habitants pour contrer l'épidémie de peste y avaient alors construit un cierge qui faisait le tour de la ville et qui avait brûlé pendant trois années nuit et jour. Cela, rappelle alors à Juliette la légende où il est dit que pour remercier la Vierge Marie qui avait empêché la peste de rentrer dans Lyon, tous les ans, les habitants allument des lumignons qu'ils mettent aux fenêtres. Et depuis de nombreuses années, cela donne lieu à une grande fête appelée » la fête des Lumières » et qui a lieu tous les 8 décembre.

Ils se racontent aussi l'un, l'autre. Ils prennent le temps de s'écouter, ils ne se lassent pas de se découvrir. Antonin sait qu'il l'aime déjà, Juliette sent se développer en elle, un sentiment qui la bouleverse et qu'elle essaie de refouler.

Il lui a tout raconté : son divorce, sa femme, qui depuis sa dernière tentative de suicide est partie habiter chez une amie dans l'attente du jugement de divorce, qui lui permettra de repartir à Montréal. Mais aussi, Isabelle, qui s'est installée avec Raphaël. La maison de Lattes pour laquelle ils ont signé la promesse de vente et qui devrait être cédée aux nouveaux propriétaires d'ici un mois ou deux. C'est pour cela qu'il vit actuellement, dans le petit F2 au- dessus de la librairie et où il se sent comme dans un cocon. Parfois, il est un peu triste quand il pense à cette vie qui se termine. Mais n'est- ce pas dans l'espoir d'en voir une autre commencer. Ne dit- on pas « une porte se ferme, une autre s'ouvre. »

Juliette, elle, a été très fière de lui annoncer qu'elle allait être grand-mère. Sa fille, son bébé qui allait à son tour donner naissance à un petit être. C'est une sacrée étape dans la vie d'une femme, de voir sa fille devenir mère à son tour. Que de moments merveilleux à partager, que d'émotions qui remontent à la surface. Comment faire partager son expérience de la maternité sans pour autant empiéter sur le couple, ménager les susceptibilités.

Pour fêter ça, Antonin, l'emmène manger dans un petit restaurant. Il voudrait tant partager avec Juliette ces moments de bonheur et de joie. D'ailleurs, si elle accepte, il l'accompagnera à Paris pour la naissance du petit prince.

Il se sent en parfaite harmonie avec elle, et aime la sentir heureuse et épanouie. Il n'a pu se retenir et l'a prise dans ses bras. Un instant, elle s'est laissée aller contre lui, le cœur battant. Mais, très vite, elle s'est ressaisie et s'est écartée. Puis, elle a eu peur de l'avoir blessé, alors doucement, elle est venue lui poser un baiser sur la joue.

Chapitre 16

Mi-mars, le printemps a déjà commencé à revêtir la terre de ses parterres de fleurs. Il fait chaud en ce début de saison. Les terrasses des cafés, sortent au grand air. On s'habille de nouveau plus léger, le cœur et les esprits se font aussi plus enjoués. Les gens ont des envies d'évasion, Juliette et Antonin n'y échappent pas. Lui, est de plus en plus amoureux, elle, toujours un peu sur la réserve. Pourtant, elle apprécie beaucoup la présence et la tendresse d'Antonin. Mais, peut –elle lui faire confiance ? L'avoir comme ami est merveilleux, mais elle a peur d'aller plus loin et de tout ruiner. Juliette sait bien qu'un homme est adorable comme ami, mais souvent quand le couple se forme, il reprend sa vraie nature et c'est là que les complications débutent avec son lot d'incompréhensions entre homme et femme. Parfois, elle se demande si la perle rare existe ?

Ce qui est certain c'est que lui, Antonin, il l'aime sa Juliette et il sera persévérant, et bien décidé à ne pas la perdre. Si c'est de son amitié dont elle a besoin, il la lui offrira aussi longtemps qu'il le faudra.

Juliette l'a invité à diner ce soir. Aussi, elle s'est mise aux fourneaux. Avec plaisir, elle a parcouru ses livres de recettes, elle est bien décidée à lui faire plaisir. C'est un bon mangeur et elle sait qu'avec Monique son ex-femme, c'était souvent, pizza, pâtes et conserves.

Elle lui a préparé un mille-feuilles de betteraves au fromage de chèvre, un gratin de fruits de mer, et en dessert des tranches d'orange recouvertes de sirop et de feuilles de menthe.

Il arrive à 19H30, précis comme un métronome. Il est vêtu d'un jean, d'un tee-shirt bleu azur, qui rend encore plus intense la profondeur de son regard, et d'une veste bleue marine. Il est chaussé de baskets. Il est là, sur le pas de la porte, son sourire enjôleur en prime, et un petit bouquet de violettes à la main. Elle sait que dans le langage des fleurs, cela signifie « amour secret ».

Le diner se déroule gaiement. Ils sont heureux d'être ensemble. Un bonheur simple. Ils ont parlé de leurs lectures, ils sont intarissables quand ils abordent le sujet littérature. Elle lui a fait lire quelques poèmes qu'elle avait écrits il y a quelques années.

- Tu es en vacances cette semaine ?

- Oui, jusqu'à samedi.

- Mercredi, je t'emmène où tu veux ! Dis- moi ce qui te ferait plaisir. Enfin, si tu es libre ?

-Moi, oui ! Mais toi, la boutique ?

-Je vais m'arranger, Jean-Luc, je t'ai parlé de lui, et tu l'as vu le premier jour où tu es entrée dans la librairie, a proposé de me remplacer. Il est en vacances et aime venir de temps en temps tenir la librairie. C'est un passionné de livres lui aussi.

-Alors, où aimerais tu aller ?

-L'autre jour, je suis passé au Syndicat d'Initiative et j'y ai trouvé un prospectus sur le Prieuré de St Michel de Grandmont. Ils le décrivent comme un monument du XIIème siècle qui appartenait aux frères ermites de l'ordre de Grandmont. Il se trouve dans un cadre imprégné de paix et de sérénité. Il y a même des dolmens groupés de manière mystérieuse.

-La sérénité....... Ne pourra que nous faire du bien !

-Sinon, ma sœur m'a aussi parlé du village de St Guilhem, J'aimerais le visiter. Il parait que c'est un village très pittoresque, et que sa réputation fait qu'il est classé au « Patrimoine Mondial de l'Unesco »

-En partant pour la journée, on pourra peut être faire les deux ! Sinon, on pourra toujours y aller une autre fois !

-Alors, à mercredi !

-Je passe te chercher à 9h00 !

Juliette se réjouit d'avance de cette ballade, quand à Antonin, il est sur un petit nuage !!!!!

Chapitre 17

Le mercredi suivant, le ciel est avec eux, il fait un temps magnifique. Jean-Luc est arrivé tôt avec les croissants afin de prendre le petit déjeuner avec Antonin avant qu'il ne parte.

Il est morose, les cernes sous les yeux, il a passé une mauvaise nuit. Antonin, le remarque de suite et cherche à comprendre pourquoi !

Entre, j'ai préparé le café ! Assieds- toi ! ça n'a pas l'air d'être la forme ?

C'est Agnès. Je lui ai dit que je voulais qu'on se sépare. Depuis que j'ai revu Annie, ça ne va plus du tout avec Agnès. Elle cherche à faire le vide autour de moi, elle me harcèle de SMS et d'appels téléphoniques. Si je réponds, elle veut savoir ce que je fais, où je suis, et quelque soit ma réponse, elle ne me croit pas, m'insulte, me dit que je la trompe !

Bon en même temps, elle n'a pas vraiment tort……. Antonin rigole !!!!

Tu veux être drôle ?

J'essaie de détendre l'atmosphère……… bon bah alors, largue là !

Je ne peux même pas, elle menace de se suicider !

Vaste sujet que je connais bien. Chantage affectif, elle ne le fera pas !

Je ne sais plus où j'en suis.

Et Annie ?

Avec elle, c'est merveilleux, on se comprend tellement bien, on est fait l'un pour l'autre. Je lui ai expliqué la situation et pour l'instant, elle patiente, mais combien de temps ? Elle est compréhensive, mais ce n'est pas une situation très saine. Je sais que je dois prendre une décision et m'y tenir, sinon, je fais du mal aux deux !

Tu l'aimes ?

Laquelle ?

Les deux !

Annie, oui, je suis fou amoureux, on est pareil, on pense pareil. Avec elle tout est simple, et elle est tellement douce !

Et Agnès ?

Bah, avec elle c'est l'habitude, notre rythme de vie me convenait parfaitement, et on a des souvenirs en commun depuis trois ans. Par contre, son caractère est difficile à vivre. C'est un dragon qui me vampirise, tout est compliqué avec elle.

Tu sais ce que j'en pense, c'est ton portefeuille qui l'intéresse ! Alors, trouve lui un mec plus riche et elle te laissera tranquille. Surtout que depuis que tu as revu Annie, tu es resplendissant de bonheur...... Enfin, à part ce matin. L'autre, elle te bouffe l'existence. Ne la laisse pas gouverner ta vie. Tu te rends compte, qu'elle te traite comme un moins que rien. Tu es maso, ou quoi !

Jean-Luc jette un œil à sa montre.

Dis donc mon petit vieux, je ne suis pas là pour une psychothérapie. Alors, va vite rejoindre ta Juliette et laisse moi travailler.

Il lui fait un clin d'œil malicieux, et dans un grand éclat de rire, va lever le rideau de fer et le pousse vers la sortie.

Dépêche-toi, on ne fait pas attendre une dame.

La matinée se passe à visiter le Prieuré. Juliette s'y sent bien. Le cloitre est emprunt d'une atmosphère silencieuse. Elle a l'impression d'y voir les prêtres avec leur robe de bure, monter les escaliers qui mènent au dortoir, marches usées et qui gardent la marque de tous ces pieds qui les ont foulées. Elle s'y sent sereine. Elle n'est pas pratiquante bien qu'ayant été élevée dans la religion catholique.

Elle pense, qu'il existe quelque chose après la mort, un lieu où les âmes se retrouvent. Aussi, dans cet endroit imprégné de spiritualité, elle a envie de croire au bonheur et à son avenir. Alors, sans même s'en rendre compte, elle se rapproche d'Antonin et lui prend la main. Il la regarde, elle lui sourit. C'est comme si un ange descendu du ciel dans la paix de la chapelle, les enveloppait tous les deux de ses ailes protectrices.

Antonin se tourne vers elle et tendrement la contemple. Il y a tant d'amour dans ses yeux qui brillent de mille feux. Délicatement, il lui caresse la joue. Il sent une force nouvelle monter en lui. Il voudrait la serrer dans ses bras, il voudrait lui crier son amour, il voudrait l'emporter dans une étreinte à lui couper le souffle, lui prouver la force de ses sentiments.

Il sait qu'il doit être patient. Malgré tout, il lui prend la tête entre ses mains et en la regardant au fond des yeux, lui murmure :

-Je t'aime !

Sa voix qui n'est pourtant qu'un chuchotement résonne dans le calme de l'endroit et s'envole vers le haut comme s'il voulait prendre comme témoin de son amour, tous ces religieux qui semblent encore hanter ces lieux.

Des étoiles jaillissent dans les yeux de Juliette, son cœur bondit dans sa poitrine. Elle lui pose un doigt sur la bouche.

Ne dis pas ça !

Délicatement, il lui effleure les lèvres d'un baiser, à peine le frôlement d'une aile de papillon.

Je suis sincère, mais n'ai pas peur, je patienterai jusqu'à ce que tu sois prête. En attendant, je saurai être tour à tour, l'ami, le frère ou le père dont tu as besoin .Je serai l'épaule sur laquelle te reposer. Et, le jour venu, j'espère être l'amour qui te guérira de tous les hommes. Je vais apprendre à laisser le temps au temps, pour moi de t'apprivoiser et pour toi de m'aimer.

L'un comme l'autre, à ce moment-là, on l'impression que quelque chose se passe en eux, comme si leurs âmes se reconnaissaient.

Chapitre 18

Le soir, de retour chez elle, Juliette repense à cette journée magique. Le midi, ils ont déjeuné dans un petit restaurant à St-Guilhem-le Désert, et se sont promenés dans les ruelles étroites de ce petit village pittoresque. Ils sont entrés dans l'abbaye de Gellone, afin de respirer encore un peu de spiritualité dans son cloitre moyenâgeux. St-Guilhem est blotti dans une vallée de rocaille fermée par le Cirque de l'Infernet et dominée par les ruines du château du Géant. Ce nom vient d'une légende qui raconte qu'un géant demeurait au château et terrorisait les habitants de la vallée de Gellone. Le chevalier de Guilhem, déguisé en servante, délivra le village qui porta alors son nom. Ils avaient traversé la place de la Liberté, charmante petite place sur laquelle était planté un platane centenaire, et qu'ils avaient entouré de leur bras essayant de faire joindre leurs mains. Ils avaient beaucoup ri, s'étaient amusés comme deux gamins en liberté, qui ne voulaient penser à rien d'autre qu'au bonheur présent.

Antonin s'était montré adorable et prévenant toute la journée. Il avait tout fait pour lui faire plaisir. Juliette n'avait pu s'empêcher de repenser à Jacques. Avec lui, c'était très différent : quand elle avait envie d'aller dans un petit restaurant de Carnon, ils allaient à Palavas, quand elle aurait aimé partir en vacances en Grèce, ils partaient en Tunisie et quand elle rêvait d'un voyage en amoureux en Irlande ou en Ecosse, c'était la République Tchèque, en compagnie de sa bande d'amis.

La nuit, de nouveau, Juliette rêve à cette autre vie, où est-elle persuadée maintenant elle aurait vécu.

Elle a grandi, elle doit avoir environ 13 ans. Partout semble régner la famine, les épidémies mais aussi les pillages. C'est la guerre qui apporte désolation et mort. La France est en guerre contre l'Angleterre et mène des combats acharnés. Juliette sait qu'il s'agit de la Guerre de Cent Ans. Le chevalier Enguerrand est chez eux dans leur modeste maison dans un petit village en plein pays Cathare, au pied de la Montagne Noire. Il est venu supplier Jeanne de venir au château soigner son fils Colin, revenu blessé du champ de bataille. Il a une vilaine blessure à la jambe. Jeanne n'écoute que son cœur et prépare crèmes et onguents, potions et décoctions. Isabeau la regarde faire très attentionnée.

-Isabeau, tu viens avec moi, tu m'aideras !

Elles montent dans la charrette, que Jehan sans perdre un instant a attelé à leur jument. Il va les accompagner jusqu'au château perché au sommet d'une crête qui domine la vallée à plus de 300 mètres. La route est escarpée et la jument parfois réticente. Enguerrand ne les a pas attendus, il est aussitôt reparti au chevet de son fils. Jeanne est réputée pour être une bonne guérisseuse et il a décidé de lui faire confiance. D'autant plus que les médecins de la ville sont trop loin et tarderaient trop à arriver.

Aussitôt auprès de Colin, Jeanne évalue les dégâts, il a déjà perdu beaucoup de sang. Elle demande à ce qu'on l'allonge sur des draps propres. Elle nettoie la plaie à l'eau et au savon, puis avec une décoction de thym. Enfin la recouvre d'une pommade de soucis qui facilitera la cicatrisation et lui met un bandage. Avec l'aide d'un serviteur et d'Isabeau, elle lui fait boire une infusion de tilleul à laquelle elle ajoute du sureau pour tenter de faire baisser la fièvre. Il est brulant et délirant.

Jeanne doit redescendre au village se réapprovisionner pour les jours à venir. Elle demande aux serviteurs et à Enguerrand de sortir pour le laisser se reposer, le tilleul l'y aidera. Isabeau se propose de veiller sur lui, et de lui prodiguer les soins nécessaires jusqu'au retour de sa tante.

La voila seule avec Colin. Elle peut enfin profiter de son sommeil pour se repaitre de sa beauté. Elle sait pourtant qu'un chevalier ne s'intéresse pas à une paysanne, mais elle ne peut empêcher son cœur de battre très fort et de rêver. Cela fait plusieurs heures qu'elle est assise à côté de lui, lorsqu'il se réveille. Elle prend le bol de soupe d'ortie que Jeanne avait fait cuire avant de partir. Elle l'aidera à lutter contre l'anémie due à la perte de sang importante. Il se redresse malgré la douleur. Elle approche doucement le bol, lui fait boire quelques gorgées. Alors qu'elle va reposer le récipient, il lui retient la main et la regarde intensément.

-C'est toi, Isabeau ?

-Oui seigneur.

-Comme tu es belle, tu es devenue une vraie jeune fille !

Elle rougit. Un instant à bout de force, il se rallonge. Il souffre. Elle lui fait boire une tisane de reine des prés, contre la douleur. Il s'apaise et se rendort. Quelques temps après, il ouvre les yeux, lui prend la main doucement et dans un murmure prononce ces mots qui resteront à jamais gravés au fond d'elle ;

-Isabeau……… je t'aime !

Lorsque Jeanne revient, elle prend sa place et Isabeau redescend au village, emportant son secret avec elle. En parler ne pourrait que lui amener des ennuis. D'ailleurs, aussitôt rétabli, Colin repart à la guerre malgré sa légère claudication. Le jour de son départ, il les remercie de leurs bons soins. Il retient un instant les mains d'Isabeau dans les siennes et lui sourit tendrement. Elle en est troublée. Jeanne, elle, s'en inquiète.

Juliette se réveille encore imprégnée de son rêve. Mais, ce n'est qu'un rêve, aussi ne voit elle pas les visages, ils sont comme dans un brouillard. Par contre, ce qu'elle sait d'instinct, c'est que la fillette c'est elle.

Chapitre 19

Cela fait un an, que Juliette est arrivée dans la région. Ils vont fêter l'évènement avec Antonin, mais aussi Jean-Luc et Annie qu'il est très impatient de connaitre. C'est aussi leurs anniversaires. Juliette et Antonin sont tous les deux nés au mois d'avril.

Juliette a longtemps cherché un cadeau pour Antonin. Finalement, elle a imprimé des photos qui résument l'année écoulée et lui a fabriqué un album. Sur la dernière page, elle a collé une photo d'eux et a décoré avec un pétale de la rose qu'il lui avait offert pour la Saint- Valentin et qu'elle avait fait sécher. Ce jour-là, il lui avait donné la fleur, sans rien dire, juste effleuré les lèvres. Juliette avait apprécié ce geste plein de pudeur. Sur l'album, elle a simplement mis en commentaire : » Si un jour, je dois aimer de nouveau ce sera toi !!! » Antonin est très ému, instantanément les larmes lui montent aux yeux. Juliette s'attendrie devant tant de sensibilité.

En plus de cette soirée, Antonin lui a fait cadeau d'un week-end à Londres avec la personne de son choix. Il espère bien que ce sera lui. Il n'y a ni de nom, ni de date, il lui laisse le libre arbitre. Il y a tant de délicatesse dans ce geste, que Juliette l'embrasse, en le serrant contre elle. Elle rêvait depuis longtemps de retourner à Londres, elle avait 14 ans lorsqu'elle y était allée la dernière fois en voyage scolaire. Elle avait dû l'évoquer devant lui et il n'avait pas oublié.

Ils passent tous les quatre, une soirée pleine d'entrain et de rire. Jean-Luc est aux anges d'avoir Annie avec lui. Antonin ne le reconnait pas, il est tellement prévenant et pleins d'attention pour elle. Pourtant, le téléphone de Jean-Luc n'a pas arrêté de sonner. Il finit par l'éteindre. Mais tout cela, n'a pas entaché la bonne humeur régnante.

Après un apéritif chaleureux chez Antonin, ils sont allés au théâtre. Un petit café théâtre, où l'on s'assoit sur des gradins, il n'y a pas de scène ce qui permet aux acteurs d'être en contact direct avec les spectateurs, ce qui procure une ambiance très chaleureuse. Ce soir, ils jouent « Le clan des divorcées ». Une comédie irrésistible qui procure un pur moment de bonheur. Ils y ont rit sans interruption.

En rentrant, Juliette a un message sur son répondeur.

-Bonjour…….. c'est Jacques…….. je voulais te souhaiter un bon anniversaire………je voulais aussi te dire que j'ai beaucoup réfléchi, tu me manques, je voudrais te revoir et parler avec toi. Je t'embrasse …… je t'aime toujours.

Juliette est bouleversée. Elle ne sait que faire de ce message. Pourquoi maintenant alors qu'elle commençait à l'effacer de sa mémoire. Alors qu'elle commençait à faire tomber sa carapace et à se sentir pousser des ailes avec Antonin. Et elle, souhaite-t-elle le revoir ? L'aime-t-elle encore ? D'autant plus que dans la pièce, elle s'est sentie tellement concernée par certaines répliques. L'enthousiasme et le plaisir ressenti pendant la soirée retombent comme un soufflé raté. Les paroles du message lui trottent dans la tête, elle n'a plus sommeil. Elle va s'asseoir sur sa terrasse, son chat sur les genoux, elle contemple les étoiles comme si elle y cherchait la réponse. C'est bien Jacques, ça, revenir deux ans après sans avoir jamais donné de nouvelles et sans se préoccuper de ce que cela aura comme conséquences sur elle. Il aurait fait la même chose, ne serait-ce qu'un an avant, elle lui aurait ouvert ses bras et son cœur. A cette époque-là, elle n'attendait que ça qu'il se manifeste, qu'il revienne lui dire qu'il l'aimait. Elle attendait de lui une preuve d'amour qu'il ne lui avait pas donné.

Mais aujourd'hui, a-t-il vraiment changé, parce que ses belles paroles, elle ne veut plus y croire Juliette……… elle a trop souffert. Et, il lui a fallu tout ce temps pour en guérir. Faut-il risquer de rouvrir la plaie. En même temps, peut être, peut-elle lui redonner une chance. Elle l'a aimé, elle aurait voulu finir sa vie avec lui. Mais, il y a eu aussi tant de déceptions. Elle n'a toujours pas accepté qu'il soit allé si rapidement se consoler dans d'autres bras, pourra-t-elle de nouveau lui faire confiance ? Et puis…….. il y a Antonin……. même s'il n'est que son ami …… pour l'instant………. Elle ne veut pas le faire souffrir. Il a été là, lui, dans les moments difficiles. Et même, si elle ne veut pas vraiment se l'avouer, elle ressent des sentiments pour lui. Alors n'est-ce vraiment que de l'amitié ?

Elle en est là de ses réflexions, quand elle s'aperçoit qu'il est déjà 3 heures du matin ! Dans un premier temps, elle va laisser au moins à Jacques la possibilité de s'exprimer. Elle va se coucher, mais cette nuit là, elle ne dort pas beaucoup.

Chapitre 20

Elle n'a pas rappelé Jacques. Elle attend qu'il se manifeste de nouveau. Elle est perdue et préfère se laisser du temps. Et pourtant, si elle l'aime encore, a-t-elle besoin de réfléchir, ne devrait-elle pas se réjouir qu'il revienne enfin ? Tant de questions la préoccupent. En même temps, cela fait une semaine qu'il a laissé le message, et plus rien.

Alors qu'elle vient juste de se réveiller, son téléphone sonne. Elle se dit que c'est peut être Jacques.

Allo.

C'est Antonin ! A sa voix, elle le sent bouleversé.

Que se passe t-il ? ça ne va pas ?

C'est mon père. Ma mère vient de le faire hospitaliser, il a fait une mauvaise bronchite qui s'est surinfectée. Je vais aller passer quelques jours avec elle.

Elle sait les liens qui l'unissent à ses parents. Il est leur fils unique et sa mère a fait plusieurs fausses couches avant de l'avoir.

Tu as raison, ils ont certainement besoin de toi. Antonin……… dis moi, si je peux faire quelque chose pour toi.

Non, ça va aller !

Et la librairie ?

Je vais fermer, il n'y a pas foule en ce moment.

Je suis là………tu sais. N'hésite pas, je suis ton amie. A ce moment précis, elle voudrait être prés de lui !

Antonin……..

Oui……..

Il y a une grande place pour toi dans mon cœur, ne l'oublie pas et appelle-moi si tu as besoin ! Je penserais à toi et…… je t'embrasse !

Un instant, il a cru qu'elle allait lui dire qu'elle l'aimait, car c'est un peu ce qu'il a voulu entendre dans ces petites phrases. Trop ému pour répondre, il raccroche sans même lui dire au-revoir.

Juliette pense que c'est à cause de l'hospitalisation de son père qu'il est troublé et ne s'en offusque pas.

Sa mère l'attend avec impatience. Elle n'a pas dormi de la nuit. Depuis hier soir que l'ambulance a emmené Edmond, elle se sent bien seule dans cette maison. Cette maison qu'ils ont choisi ensemble, lorsque deux ans après leur mariage, Edmond avait été muté comme instituteur à l'école « le Pradet » de Saint-Hyppolyte. Ils venaient de la région parisienne et avaient eu un peu de mal à s'intégrer à cette province et à ces habitants, qui pourtant portent un nom chantant et léger : les Cigalois. Cependant, ce petit village aux portes des Cévennes, les avait tout de suite enchantés. Traversée par les eaux du Vidourle, il est le carrefour entre le pays des châtaigniers et des vignes. Mais au début de la guerre, à l'arrivée des Nazis, l'Ecole Militaire, les tanneries et les filatures avaient été fermées et les temps étaient austères. Seule l'usine à chaussures Jallade avait perduré et s'était installée dans le Fort en 1947.

Les gens étaient méfiants face à ce parisien qui arrivait tout droit de la capitale, mais sa gentillesse lui avait permis de s'imposer face aux enfants et sa compétence professionnelle face aux parents. Madeleine, elle, faisait des ménages chez quelques familles bourgeoises.

Dés qu'elle entend le bruit de la voiture, elle se précipite vers lui. Elle lui parait encore plus petite que d'habitude, amaigrie. Elle a le visage fatigué de plusieurs nuits sans sommeil. Ce visage qui néanmoins respire la bonté et la gentillesse. Jamais, elle ne se plaint.
Il l'a prend dans ses bras, elle se laisse aller une minute contre lui, rassurée de le voir. Elle ne peut s'empêcher d'essuyer une larme, trop plein de tant d'angoisses face à la maladie.

-Je suis contente que tu sois venu mon grand. Tu sais, on ne s'est jamais quitté avec ton père, sauf lorsque je suis allée à la maternité pour te mettre au monde.

-Je sais, maman. Comment va-t-il ?

- Les médecins m'ont dit qu'il avait passé une bonne nuit. Il est sous perfusion avec des antibiotiques, ça le fatigue, il était déjà très faible ces derniers temps. Ils lui ont mis aussi un petit traitement pour l'apaiser, parfois il s'agite beaucoup, il est perdu, il ne comprend pas où il est. Sa tête m'inquiète énormément. Il délire, il a des hallucinations visuelles. L'autre jour, il voyait un chien sous la table, il voulait lui donner à manger. Les médecins disent que ça va avec l'évolution de la maladie.

- Mais, rentre mon chéri. Je t'ai fait un café. On ira le voir en début d'après-midi, que tu ne repartes pas trop tard.

Ne t'inquiète pas, je vais passer quelques jours avec toi. Enfin, si tu es d'accord pour que je réintègre ma chambre d'adolescent.

Elle se tourne vers lui. Son visage, un instant, resplendit de bonheur.

Et, la librairie ?

J'ai fermé quelques jours. Et puis, Juliette m'a proposé d'y aller si besoin.
En disant ces mots, il se rend compte qu'il n'a encore jamais parlé d'elle à sa mère. Même si ce n'est qu'une amie pour l'instant, il a préféré attendre la fin du divorce.

Malgré ses préoccupations, Madeleine, a bien entendu et n'a pas manqué de voir l'étincelle dans les yeux de son fils lorsqu'il a prononcé ce prénom.

Juliette ?.......
Il lui sourit.
Oui maman, je t'en parlerai, c'est une amie……. Et j'espère te la présenter bientôt !........ enfin si tu es d'accord.

Je ne veux que ton bonheur, tu le sais. Si elle sait te rendre heureux, je suis sûre de pouvoir l'aimer.

Et, Monique ?

Je t'ai dit, le divorce a été prononcé le mois dernier. Elle a fini par se rendre compte que c'était mieux pour elle aussi et par accepter. Elle repart à Montréal. Je crois qu'elle prend l'avion dans quinze jours, c'est Isabelle et Raphaël qui l'accompagneront à Roissy. Ils en profiteront pour visiter Paris pendant quelques jours.

C'est préférable pour elle …….et pour toi !

Et comment va ma petite fille ? Ah lala, elle ne me téléphone pas souvent. Heureusement que j'ai des nouvelles par toi !!!!

Tu sais bien comment sont les jeunes ! ça ne veut pas dire qu'elle ne pense pas à toi !

Je sais, le principal c'est qu'elle aille bien !

Ne te fais pas de soucis pour elle. Elle file le parfait amour avec Raphaël. Depuis qu'ils ont emménagés dans ce petit appartement de Montpellier, ils ont l'air très heureux ! Elle va t'appeler, ils pensent venir déjeuner avec nous dimanche midi.

Ils sont restés l'après-midi à l'hôpital. Edmond le père, ne les a pas tout de suite reconnus, il a la maladie d'Alzheimer. Il a des pertes de mémoire importantes.

A leur arrivée dans la chambre, Madeleine, a une petite réaction de contrariété, lorsqu'elle voit les barrières accrochées au lit. L'infirmière qui est dans la chambre à ce moment-là , pour le faire boire, a vu le mouvement de recul pourtant imperceptible.

-Nous n'avons pu faire autrement, il est agité ce matin. Il veut partir. C'est pour éviter qu'il ne tombe. Il faut le surveiller, il essaie d'arracher sa perfusion. Il est angoissé, il a perdu ses repères, vous savez c'est lié à sa pathologie.

Antonin accepte mal de voir son père aussi diminué. Il lui prend la main et lui parle doucement, presque comme à un enfant pour essayer de l'apaiser. La voix de son fils semble le faire réagir. Il a l'air heureux de voir Antonin. Il lui sourit. Par contre, il donne l'impression de bouder Madeleine, qu'il rend responsable de son hospitalisation dans ses rares moments de lucidité.

Pourquoi m'as-tu amené là ?

Edmond, tu as eu une bronchite très importante, c'est le docteur Garpon qui t'a fait hospitaliser, il était très inquiet de ta santé.

Je ne veux pas rester ici, ramène moi à la maison.

Papa, sois raisonnable, tu dois te soigner. Regarde en plus tu as de belles infirmières pour s'occuper de toi, n'est-ce pas génial ?

Antonin a essayé de plaisanter, pour détourner son père de son idée fixe, le retour chez lui, mais le cœur n'y est pas. Déjà, le regard d'Edmond se fait fuyant, il repart dans son monde dans lequel il s'enferme un peu plus chaque jour, comme pour fuir la réalité de sa maladie. Pendant un certain temps, il n'est plus présent que physiquement.

Madeleine essuie une larme. Elle a beau essayé d'être forte, il est difficile d'accepter de voir l'homme que l'on a aimé toute sa vie, se perdre dans un monde où l'on a pas accès.

Antonin s'approche, la prend dans ses bras et l'embrasse.

Viens maman, on y va, on reviendra demain, il y a des maladies contre lesquelles malheureusement, on ne peut pas se battre, c'est perdu d'avance. On peut juste essayer d'améliorer son quotidien. Tu ne pouvais pas faire autrement, tu as fait ce qu'il fallait, ne te reproche rien. Et puis, ici, il est soigné correctement.

Oui, c'est vrai que le personnel est compétent, mais comme dans tous les hôpitaux, pas assez nombreux. J'ai peur qu'il essaie de se lever et qu'il fugue. Tu sais bien qu'il a horreur d'être enfermé et qu'il a besoin de marcher. L'autre jour, Madame Rudel m'a dit que le beau-père de sa fille avait fugué de la maison de retraite où il est et que c'est la police qui l'a retrouvé errant dans la rue à la nuit tombée.

Ne te tourmente pas trop, tu as besoin de te reposer toi aussi.

Ils sortent et rejoignent la voiture. Il voudrait pouvoir lui épargner tous ces soucis.

Que dirais-tu d'un repas au restaurant en compagnie de ton fils ?

Elle lui sourit à travers sa tristesse.

J'en serais enchantée.

Il l'emmène dans une crêperie rue du Temple. Elle ne mange pas beaucoup ces derniers temps. Pourtant, ce soir, savoir que son fils va rester quelques jours avec elle, lui fait recouvrer l'appétit. Elle a mangé une crêpe jambon, emmenthal accompagnée d'une salade verte et une glace menthe chocolat en dessert. Ils ont pris une bolée de cidre chacun, car si Antonin préfère le cidre brut, elle préfère le doux. Il est ravi de la voir retrouver le sourire l'espace d'une soirée.

Madeleine a attendu le dessert pour poser la question qui lui occupe l'esprit depuis cette après-midi.

-Alors……. Et Juliette, tu m'en parles ?

Il rigole.

Tu es bien curieuse !

Non, impatiente de savoir ce qui rend mon fils à la fois heureux et nostalgique.

Alors, il lui raconte. Leur rencontre sur la plage, sa crainte de ne pas la revoir, la soirée où elle lui a fait des confidences, l'amour qu'il a très vite ressenti pour elle, l'impression d'être lié à elle, mais aussi les peurs de Juliette dues à son vécu. Cette force magique qui malgré tout les pousse l'un vers l'autre.

Je voudrais tellement te voir heureux. Mais attention mon chéri, de ne pas la faire souffrir …….. mais de te protéger toi aussi.

A ce moment-là, il entend « la lettre à Elise » musique qui lui indique qu'il a reçu un message.

« Coucou ! Comment va ton père ? Prends soin de toi et de ta mère. Je pense à toi. Bisous. Ta Juliette. »

« Pour mon père, ça suit son cours, c'est difficile de le voir comme ça ! Tu me manques, ma Juliette ! Je t'embrasse ! »

Madeleine a compris au sourire rêveur d'Antonin que le message venait de Juliette. Elle lui saisit la main et la serre très fort, juste pour lui faire comprendre qu'elle est contente pour lui. Comme elle aimerait qu'il connaisse un amour comme celui qu'elle a vécu avec Edmond. Un amour fort et intense que seul la mort peut arrêter.

Chapitre 21

Antonin est resté une semaine à St Hyppolyte. L'hospitalisation a empiré la démence de son père, en lui faisant perdre tous ses repères, ce qui intensifie ses troubles de l'humeur et des émotions ainsi que la confusion. Les médecins, leur ont expliqué qu'un retour à domicile s'avérait impossible à gérer. Sa mère ne pourrait pas assurer une telle charge.

Il y a les hallucinations visuelles qui risquent le rendre agressif, mais aussi les fugues qui peuvent se révéler dangereuses car associées à des troubles de l'orientation mais aussi à des chutes. Il peut aussi laisser le gaz allumé, ou se mettre en danger de différentes façons. C'est une surveillance de tous les instants.

Madeleine, doit bien se rendre à l'évidence , il faut lui trouver une maison médicalisée, si possible spécialisée dans la maladie d'Alzheimer.

Antonin l'a aidée et épaulée dans ses recherches. Les places sont rares, mais ils trouvent à St Martin de Valgalgues. Ce qui rassure Madeleine, c'est que dans un premier temps, on lui propose une hospitalisation de deux mois. Elle a toujours espoir que ça ira mieux et qu'elle pourra le ramener à la maison. Elle culpabilise de devoir le laisser. Lui, qui est si solitaire, comment va-t-il accepté, dans ses phases de lucidité, de se retrouver dans un lieu de vie en communauté. Au moins aura-t-il une chambre particulière. C'est un peu loin, mais elle pourra y aller trois ou quatre fois par semaine, elle est encore valide , a sa voiture, et en plus elle a toujours aimé conduire. La directrice, lui a confirmé qu'ils peuvent l'accueillir dès la semaine prochaine. Les médecins acceptent de le garder hospitalisé jusqu'à son départ pour la maison de retraite, un retour à domicile en attendant le perturberait de trop.

De retour à Montpellier, il a appelé Juliette. Il est impatient de la revoir, de lui parler. Il en a surtout besoin, elle lui a manqué.

Elle est venue à la librairie et ils ont diné ensemble dans le petit appartement. Elle a acheté deux repas au Mac Donald en descendant du tramway, place de la Comédie. Ce sera très bien pour ce soir, ni l'un ni l'autre n'ont le goût de cuisiner.

Ils ont discuté longtemps. Elle l'a écouté attentivement lui raconter son père, sa mère, ses soucis. A certains moments, il l'a ému. Lui d'habitude si fort, semble tout à coup d'une grande fragilité. Elle l'entoure un instant de ses bras, pour le câliner. Puis, prend peur qu'il ne se trompe sur son geste et se lève sous prétexte de préparer une tisane. Lui, souhaite que le temps s'arrête là.

Il apprécie sa présence ce soir, il s'emballe et lui propose de faire connaissance de sa mère. Juliette y a très souvent pensé et pourtant là, elle se demande si ce n'est pas trop s'engager.

Elle est de plus en plus déboussolée. Elle évince la question. Elle se dit que ce n'est pas le moment, et ne lui parle pas de Jacques. Elle le fera plus tard, quand il ira mieux. C'est à elle aujourd'hui, d'être présente pour lui. Ses problèmes à elle passe au second plan. Plus tard, il insiste pour la raccompagner en voiture.

Ce qu'elle n'a pas dit à Antonin, c'est que Jacques a retéléphoné. Il lui dit qu'il a trois jours de congés et se propose de descendre à Montpellier. Il sent que Juliette est hésitante. Il la rassure en lui promettant de réserver une chambre d'hôtel. Elle trouve que c'est délicat, se dit qu'il a peut être vraiment changé, et finit par accepter. Elle n'est pas encore prête à pardonner et à lui ouvrir les bras. D'autant plus que ses rêves lui font de plus en plus penser que c'est avec Antonin qu'elle a un bout de route à faire.

Quelques jours plus tard, elle a enfin expliqué à Antonin le retour de Jacques. Il devine qu'elle en est perturbée. Il ne veut pas la perdre, en même temps il ne peut l'empêcher de le revoir. Et il a peur qu'il lui fasse de nouveau du mal et qu'elle s'illusionne pour rien. Il a un nœud dans la gorge et pourtant, il se fait le plus sincère possible.

- Tu as raison, laisse lui une chance de s'expliquer.

Elle le regarde étonné.

Tu le pense vraiment ?

Non ! Il sourit tristement.

Laisse parler tes sentiments, mais fais attention à toi, ne le laisse pas te faire du mal de nouveau. Et surtout, n'oublie pas que je suis ton ami. Je lui casse la gueule s'il te blesse encore.

Devant son impétuosité, elle ne peut s'empêcher de rire et lui aussi. Ils se séparent. Mais, ni l'un ni l'autre ne se retourne. Ils ont tous les deux les larmes aux yeux qu'ils parviennent à peine à refouler.

Chapitre 22

Le week-end où Jacques doit venir est là. On est samedi matin, il est parti à l'aube car il veut profiter au maximum de ses retrouvailles avec Juliette. Il est persuadé qu'elle l'aime toujours et n'attend que son retour. Puisqu'il a décidé de la reconquérir, il est évident qu'elle n'a qu'un désir : le revoir. A aucun moment, il ne peut penser que la vie a continué pour elle comme pour lui. Pour lui, la relation qu'il a entretenue depuis tout ce temps avec une autre femme n'a aucune importance, alors pourquoi cela en aurait-il pour elle.

On est fin avril, mais quand il a quitté la Savoie, il pleuvait. Aussi est-il venu en voiture et non en moto comme il l'espérait. Ce qui le met un peu de mauvaise humeur, car s'il est impatient de revoir Juliette, un petit détour par la Lozère, ne lui aurait pas déplu, quitte à rajouter quelques kilomètres. Il aime trop se promener en moto dans cette région, et aucune femme ne l'a jamais détourné de la moto, même celles qu'il a cru aimer.

Lorsqu'elle entend la sonnette, elle est troublée. Elle ouvre. Il est là. Il n'a pas changé. Il est devant sa porte, le sourire béat, il semble avoir encore grossi, mais c'est peut être l'effet du sweat qui lui colle au corps, sans doute que la taille supérieure lui aurait mieux convenu, mais il n'aime pas admettre qu'il a grossi, et toujours ce vieux jean avachi qu'il porte depuis plusieurs années. Il a l'air penaud et conquérant à la fois. Il lui tend un bouquet de fleurs. Un de ces bouquets fabriqués à l'avance, sans originalité, vendus chez les fleuristes en libre service. Bouquets que l'on peut offrir à tout le monde, sans message, car trop impersonnel. Là non plus, il n'a pas changé. Juliette ne peut s'empêcher de comparer avec le petit bouquet de violettes d'Antonin. Des bouquets si différents qu'ils traduisent bien la personnalité de chacun. La délicatesse d'Antonin qui lui fait passer un message d'amour, et la balourdise de Jacques qui va au plus simple.

Merci. Entre.

Tout à coup, cette impression d'être deux étrangers. La distance s'est installée entre eux. Il veut lui dire que ses sentiments sont toujours les mêmes, elle ne peut se retenir de penser à celle qui l'a si vite remplacée pendant toute cette année. Le silence est difficile à rompre. Juliette qui habituellement apprécie le silence, se sent là oppressée.
Il y a bien un petit restaurant dans le coin ? Je t'invite.

On peut aller à l'Odysséum, il y a « Les 3 brasseurs »

Tu ne préfère pas aller sur Montpellier ou vers la mer ?

Elle ne veut surtout pas aller dans les endroits dans lesquels elle a ses habitudes avec Antonin. Elle décide de s'éloigner un peu et lui propose un restaurant à Lunel.
Il parle de choses et d'autres. Lui demande des nouvelles des enfants, de son nouveau travail…….comme d'habitude, il fait tout pour retarder le moment d'aborder le motif pour lequel il est venu. Elle préfère au contraire rentrer dans le vif du sujet.

Tu as quelque chose à me dire ?

Ah oui ! tu veux qu'on parle ?

Il me semble que c'est toi qui désire me parler !

Voilà j'ai beaucoup réfléchi et je me suis rendu compte que je t'aime encore ! je vais donc faire les travaux et vendre la maison !

-Ah !......... et c'est ça le scoop ! Je te rappelle que tu m'as déjà promis ça de nombreuses fois !

Tu m'as beaucoup manqué et je suis trop triste sans toi.

-Et, ta Chantal, elle ne veut plus de toi ? Où as-tu l'intention de la garder sous le coude pour les jours où l'on ne se verra pas ? N'oublie pas qu'il y a plus de 300 km entre nous maintenant !

C'est toi qui a déménagé !

-Parce que tu m'avais remplacée avec Chantal. Je ne voulais pas être en compétition ! Et puis, elle, j'imagine qu'elle te correspond bien puisque vous vous êtes choisis sur catalogue ! Alors que se passe t-il, elle t'a largué ?

Il se bloque un instant interloqué !

Comment sais- tu pour elle, et son prénom ?

Peu importe, tu ne m'as pas répondu !

Non, c'est moi qui lui ai dit que je voulais rompre, de toute façon c'était juste comme ça, je n'éprouve pas de sentiments pour elle !

Comment as-tu fait pour prendre une décision, ce n'est pas dans tes habitudes. Donc, pour toi, elle n'est qu'un simple passe-temps, quoi ! Juste pour l'hygiène ? et elle, qu'en pense-t-elle, tu étais juste un « plan-cul » ?

De toute façon, c'est toi que j'aime !

Et mes sentiments à moi, es-tu certain qu'ils sont toujours les mêmes ? Il t'a fallu du temps pour revenir !

Oui, mais je vais faire ce que je t'ai dit, et après si tu es d'accord, je demanderais une mutation dans la région et nous pourrons vivre ensemble.

Et tes enfants, sont-ils au courant de tes projets ?

Je ne leur en ai pas encore parlé, mais je ne leur laisserai pas le choix ! Elle le regarde sceptique.

Tu ne me crois pas ?

J'avoue que c'est un peu difficile. En fait, tu reviens avec les mêmes paroles que j'ai entendues si souvent mais que tu n'a jamais su transformer en acte.

Laisse-moi une chance de te prouver que j'ai changé. Début juin, j'ai une semaine de vacances, si tu veux je t'emmène là où ça te fera plaisir, tous les deux en amoureux. On pourra sceller nos retrouvailles et tu pourras réapprendre à m'aimer. Tu verras que je suis sincère.

Il lui prend la main, se penche au-dessus de la table et l'embrasse. Elle est bouleversée, elle l'a tellement aimé. Si elle essayait ?

On peut tenter !

J'ai réservé une semaine au Portugal. Tu verras c'est un très beau pays. Il y a des petits villages de pêcheurs très pittoresques. Je suis sûr que cela te plaira. J'y étais allé avec les copains en moto, il y a environ 25 ans.

Ah oui ! tu m'en as déjà parlé, tu étais aussi avec ton ex-femme.

Oui ! mais c'est du passé, et j'ai toujours rêvé d'y retourner.

Juliette est un instant pensive, elle se dit qu'il y a bien d'autres destinations auxquelles elle a rêvé elle aussi d'aller, pourquoi ne pas avoir choisi un endroit qui aurait été nouveau pour tous les deux.

Tu étais bien sûr de toi pour avoir déjà réservé, et si je n'avais pas voulu te revoir ?

Jacques ne répond pas.

J'imagine que tu avais une solution de rechange, avec tes sites de rencontre, tu aurais passé une annonce ! Et puis, je suis bête, il y a Chantal, ce ne serait pas la première fois qu'elle me remplacerait !

Un peu contrarié, il lui répond un peu plus sèchement qu'il ne l'aurait voulu.

Aujourd'hui, c'est avec toi que je suis et avec toi que je veux partir !

Et demain ?

Juliette fini par se dire qu'il faut positiver, si elle veut redonner une chance à leur couple. Il a voulu lui faire une surprise et tout organiser, ce qui est beaucoup pour Jacques qui ne sait pas trop prendre des décisions. Il ne s'est sans doute pas rappelé qu'elle aimerait aller en Ecosse ou en Irlande, à Venise, à Florence ou en Crète. Destinations où ni l'un ni l'autre n'était pas encore allé. Mais, qu'importent ils seront tous les deux.

Ils ont passés trois jours agréables. Jacques a su se montrer attentionné et amoureux. Le dernier soir, elle a craqué et à passé la nuit avec lui à l'hôtel. Il s'est montré très tendre pendant ce week-end, mais tout de même trop tôt pour qu'elle le laisse investir son appartement, son espace à elle. Juliette préfère se laisser du temps et être certaine qu'il ne réinstallera pas trop vite entre eux une routine de vieux couple. Elle ne sait pas encore si elle peut vraiment lui refaire confiance.

Chapitre 23

Depuis qu'elle lui a parlé de Jacques, elle n'a pas revu Antonin. Il lui a juste envoyé un SMS très succinct.

« J'espère que ton week-end s'est bien passé. Je voudrais que tu sois heureuse. Je t'embrasse. »

« Oui, je te raconterai bientôt. Bisous »

Plus tard, elle a plusieurs fois tenté de lui téléphoner, mais son téléphone était sans cesse sur répondeur. Elle lui a laissé quelques messages restés sans réponse. Elle se reproche d'avoir été trop négligente, trop occupée par sa propre vie, d'avoir laissé passer un peu trop de temps avant de s'inquiéter réellement du silence d'Antonin. Elle s'aperçoit qu'elle n'a aucun autre numéro de téléphone pour avoir de ses nouvelles, ni celui de Jean-Luc, ni celui de sa mère.

Aujourd'hui, cela fait dix jours qu'elle n'a plus de contact avec lui. Cela la rend soucieuse. S'il avait décidé de disparaître de sa vie pour ne pas faire de l'ombre à Jacques. Ce serait chevaleresque. Mais, peut être est-il aussi trop malheureux pour la voir dans les bras d'un autre. Et pourtant.........avec Jacques, bien qu'ils se soient retrouvés, ce n'est plus comme avant. Quelque chose s'est cassé entre eux, du moins pour elle. Le weekend end a été agréable, mais avec le recul des dix jours elle se dit que depuis leur rupture, son amour s'est fané. Elle n'est pas certaine de pouvoir lui redonner un nouveau souffle de vie. Malgré tout, elle a envie de tenter les vacances au Portugal. Quand elle y pense, il lui reste tout de même une petite pointe d'amour. Enfin, c'est ce qu'elle veut croire !

Elle décide d'aller à la librairie. Elle a besoin de savoir ce qui retient Antonin éloigné d'elle. Lorsqu'elle arrive, le rideau est baissé et une petite pancarte annonce :

« Fermé pour cause de décès. Pout toute livraison appeler Mr Goulard au...... » Suit un numéro de téléphone. Il s'agit du numéro de Jean-Luc.

Elle le note.

Elle comprend tout de suite que le père d'Antonin est décédé. Le soir même, elle téléphone :

Bonsoir Jean-Luc, c'est Juliette.
Bonsoir Juliette, comment vas-tu ?
Je suis passée à la librairie……….. !
Oui, son père est décédé. Il a fait une pneumonie, et comme il était déjà très faible…….. et je crois qu'il n'avait plus envie de vivre, il s'est laissé partir.
Antonin ne m'a rien dit, il va comment ?
Tu sais, il ne voulait pas t'embêter et te laisser vivre ton bonheur retrouvé………. Juliette……. Il est très malheureux………. Il t'aime tellement.

Elle se tait un instant, la gorge serrée, elle pleure.

Juliette ?.............
Oui………. Dis –moi, il est à St Hyppolyte avec sa mère ?
Oui, l'enterrement a lieu après- demain à 11 heures. C'est un dur moment pour elle, même si elle est consciente que lui est délivré maintenant.
Oui, bien sûr, je comprends. Merci.

A peine raccroché, elle sait au fond de son cœur, qu'elle doit y aller, pour lui, pour qu'il sache que malgré Jacques elle est là.

Juliette se rend directement à l'église. Il y a beaucoup de monde. En tant qu'ancien instituteur, elle imagine que certains de ses élèves sont venus lui rendre un dernier hommage. Il y a aussi les personnalités de la mairie, il avait été pendant quelques années adjoint au maire et avait participé, une fois à la retraite et avant sa maladie, à la vie de quelques associations.

Elle a le cœur qui bat plus vite qu'elle ne le voudrait lorsqu'elle aperçoit Antonin. Il est accompagné d'une petite dame qui parait toute frêle accrochée à son bras. A côté d'eux, une jeune fille accompagnée par un beau jeune homme.

Juliette reste discrète, elle ne veut pas les importuner. Elle ne se reconnait pas le droit de s'immiscer dans cette famille en deuil. Mais, Antonin a perçu sa présence et discrètement la cherche des yeux dans la foule. Leurs regards se croisent, ils se sourient. Pas un mot, mais tellement de compréhension et de douceur dans cet échange. Sa mère malgré son chagrin à remarqué le mouvement imperceptible de leurs yeux. Elle trouve la force de lui dire :

Va lui dire bonjour à ta Juliette. Elle est venue pour toi !
J'en ai pour une minute et je reviens !
Elle le regarde attendrie. Il la serre contre lui et l'embrasse affectueusement avant de la confier à Isabelle et Raphaël.

Ils se rapprochent l'un vers l'autre. Elle l'étreint, aucun mot ne passe, tout se dit dans leur yeux. Elle lui effleure les lèvres légèrement, lui caresse la joue.

Comment vas –tu ?
J'essaie de penser à lui et me dit qu'il a trouvé la paix !
Pourquoi ne m'as-tu pas prévenu ?
Je ne voulais pas entacher ton bonheur d'avoir retrouvé Jacques.

Elle rougit et se sent confuse.
Rien, ni personne ne m'empêchera d'être ton amie !

Il est ému.

Merci d'être venue. Mais comment as-tu su ?
Je suis allée à la boutique.

Cette fois-ci c'est lui qui l'enlace, un peu plus fort qu'il ne pense en avoir le droit. Il ne peut, pourtant s'empêcher de l'embrasser.

-Retourne vite près de ta mère, elle a besoin de toi, aujourd'hui. Donne-moi de tes nouvelles. Je…………………

Elle a failli lui dire qu'elle l'aimait. Mais les mots n'ont pas passés la barrière de sa bouche. Et pourtant…….. Elle l'aime bien sûr, mais d'amitié, comme un grand frère. Mais est ce vraiment de cet amour là dont il s'agit, ne se ment- elle pas à elle-même ? Ne cherche t-elle pas à se protéger d'un amour plus fort ?

Après le cimetière, elle préfère s'éclipser discrètement et les laisser en famille. Elle se retourne juste avant de remonter en voiture et entrevoit Antonin qui lui adresse un petit sourire plein de mélancolie.

Chapitre 24

Jacques l'a appelée presque tous les jours. Il lui raconte les travaux qu'il va entreprendre, mais qu'il n'a pas encore eu le temps de commencer, les maisons qu'il visite via internet. C'est drôle comme ce discours ne l'émeut plus du tout, elle l'a tellement entendu.

Pourtant, il se fait doux et tendre, lui parle de l'amour qu'il a pour elle, lui dit son impatience de partir au Portugal, en voyage d'amour, presque un voyage de noces, lui dit-il.

Un autre jour, il lui explique qu'il doit faire une ballade en moto dans les Cévennes, avec sa bande d'amis. Il en profitera pour passer la voir. Juliette s'imagine déjà qu'il viendra au retour et finira le weekend end avec elle et ne repartira que le lundi.

Le samedi soir, il ne lui téléphone pas, comme elle l'avait espéré. Elle a l'habitude, il n'a pas pensé que cela pouvait lui faire plaisir, trop occupé à rigoler et plaisanter avec les autres. Le dimanche midi, elle reçoit un message, ils sont à 100 kms de Montpellier dans un petit restaurant sur le bord de la route, il sera là en début d'après-midi.

Quand elle entend sonner, elle est enchantée. Il arrive de bonne heure, pas comme avant, il a vraiment envie de passer du temps avec elle. Elle en oublie qu'il n'a pas téléphoné la veille. Mais quand elle ouvre la porte, grande déception. Il n'est pas seul. Toute la bande est là.

Ils avaient très envie de te revoir.
Ah, bah….. entrez !

Elle n'est pas ravie, mais arrive à masquer sa déception et se montre aimable.

J'avais pensé que tu m'appellerais hier soir ?
Je voulais, mais mon téléphone ne captait pas.

Elle est très sceptique. Le coup du téléphone qui ne capte pas, elle connait. Elle a eu trois ados et Jacques adore se comporter en adolescent, même s'il n'en a plus vraiment l'âge !

Ils passent un moment agréable, après tout, dans la bande il y en avait quelques uns qu'elle appréciait. Il y a aussi trois personnes qu'elle ne connait pas, mais qu'il lui présente comme des amis. Elle se dit qu'ils doivent être de Paris. Il a quelques amis là-bas qu'il ne lui avait pas encore présentés.

Dans le brouhaha de la conversation, elle entend appeler » Chantal ». Elle se retourne et remarque une femme un peu vulgaire dans sa tenue de moto en cuir. Elle est très maquillée et a la gouaille assez forte. Elle fait partie des trois amis.

Juliette se rapproche de Jacques.

Qui est-ce ?
Je te l'ai dit, une amie.
Une amie qui s'appelle Chantal ? J'imagine que c'est la même amie qui a pris ma place encore toute chaude.
Bah oui et alors……..

Il n'a pas le temps de finir sa phrase.

Qu'est-ce qu'elle fout chez moi ?
Elle fait partie de la bande maintenant, elle adore la moto et les autres l'aiment bien. Ca n'a rien à voir avec moi personnellement, je ne peux pas l'empêcher de venir avec nous.
Et elle a sa moto ?
Non, elle vient avec moi, je suis le seul à avoir la place du passager de libre.

Il la nargue un peu en lui disant cela, ce qui a pour effet de déchainer la colère de Juliette. Elle explose.

Tu es un pourri, un salaud, un menteur. Comment as-tu pu l'emmener avec toi, tu m'as certifié que tu l'avais quittée ? Comment revenir me parler d'amour et me trahir en même temps ?
Tu exagères ! La ballade était prévue depuis quelques mois. Je ne pouvais pas lui dire de ne pas venir.

Mais toi, tu n'étais pas obligé de la faire sachant qu'elle y serait. Et puis, tu l'as quittée ? Ou m'as- tu mentie, là aussi ? En fait, tu veux nous garder toutes les deux, pour les jours où l'une ou l'autre ne serait pas disponible !

Jacques n'a rien trouvé à répondre, et Juliette a compris qu'il était toujours de mauvaise foi. Elle est hors d'elle. Elle s'approche de lui en furieuse.

-J'imagine que vous avez partagé la même chambre d'hôtel par souci d'économie et qu'elle était couchée sur ton portable. Voilà la raison pour laquelle il ne captait pas.

- Tu dis n'importe quoi ! Tu donnes trop d'importance aux choses qui n'en ont pas ! C'est toi que j'aime, le reste ne compte pas !

Et moi, je ne veux plus te voir. A partir de cet instant, tu sors définitivement de ma vie. Tu as trouvé la porte pour entrer, tu peux la reprendre, c'est la même pour sortir ! Et surtout emmène ta bande d'adolescents attardés avec toi.

Jacques la regarde sans faire un geste. Elle se dirige vers la porte et l'ouvre. Les autres se font discrets en passant le seuil. Jacques va pour partir mais il s'arrête. Il tente d'embrasser Juliette. Elle recule.

Je vais laisser passer ta colère et je te rappellerai. Je t'ai dit, c'est toi que j'aime et c'est avec toi que je veux vivre, c'est avec toi que je veux passer une retraite paisible.

La retraite, c'est dans quelques années, et si tu voulais tout ça, il fallait agir autrement, dégage !

Il est parti ! Juliette a refermé la porte de son appartement mais aussi celle de son histoire avec Jacques.

Elle se blottit sur son canapé et laisse enfin ses larmes couler sur ses joues. Son chat Voltaire est venu se pelotonner contre elle, comme pour la consoler.

Elle se sent trahie pour la deuxième fois. Elle éprouve divers sentiments : de la tristesse et de la haine, mais aussi un certain soulagement. Cette fois-ci, elle n'est plus dans l'espoir que sa vie avec Jacques ait un futur. Elle sait qu'elle n'a plus rien à attendre de lui. Il vient de lui prouver qu'il est incapable de changer, trop sûr de lui et de ses valeurs.

Elle ressent également de la colère envers elle, d'avoir voulu croire en ses promesses. De l'irritation de s'être laissé déstabiliser par ses belles paroles. Elle se dit qu'elle aurait dû le quitter la première fois où il avait différé sa décision de s'installer avec elle.

Plus jamais, elle ne connaitrait autant de déceptions, car plus jamais, elle n'aimerait.

Le téléphone sonne. Elle ne veut même pas savoir qui l'appelle, elle le laisse résonner dans le silence jusqu'à ce que le répondeur se déclenche. Elle a trop de chagrin, elle préfère être seule. Il est trop tôt pour pouvoir en parler.

Christine a essayé de la joindre plusieurs fois, mais cela fait deux jours que Juliette n'a pas quitté son lit. Quand elle déprime, elle a pris l'habitude de se recroqueviller sur elle-même, de dormir et de rester enfermée. C'est comme cela qu'elle se ressource.

Christine est un peu inquiète, elle est au courant que Jacques est revenu, et ne lui fait pas totalement confiance. Son sixième sens, lui dit que Juliette ne va pas bien. Elle sonne à sa porte et comme elle insiste, Juliette ouvre. En la voyant, Christine croit comprendre.

Jacques ?

Alors, Juliette se lâche et raconte, ses espoirs, l'attitude de Jacques, sa déception. Elle n'a même plus de larmes, elle a trop pleuré.

Et Antonin ?

Il passe quelques jours chez sa mère. De toute façon, je ne tiens pas à le voir pour le moment, je ne voudrais pas qu'il pense que je viens vers lui uniquement pour me consoler de Jacques, il vaut bien mieux que ça. Je ne souhaite pas non plus entamer une histoire d'amour avec lui, j'aurais trop peur d'y perdre son amitié.

Justement un ami, c'est aussi quelqu'un qui est là pour les jours de pluie, pas seulement quand il fait beau et que tout va bien !

Il a été très souvent là, justement, je ne veux pas abuser. En ce moment, il a ses propres souffrances !

Alors, puisque c'est comme ça et que tu es en vacances, je te propose de prendre l'air et de partir trois jours. Je suggère d'aller vers Carcassonne, et ensuite pousser jusqu'à Montolieu. Et si on a le temps, on pourra même visiter un château cathare.

Christine adopte une voix de guide touristique, elle a envie de voir sourire sa petite sœur.
Montolieu, le village du livre qui possède, mesdames et messieurs pas moins de quinze librairies de livres anciens et d'occasions. Mais aussi, un moulin dans lequel on peut assister à la fabrication du papier……

Juliette capitule, elle amorce un petit sourire timide.

Imagine donc, une librairie où l'on trouve prés de huit mille livres répartis sur deux étages. De quoi te redonner goût à la vie, non ?

Après tout pourquoi pas ? Il y a longtemps que je rêve de visiter Carcassonne.

Chapitre 25

Avant de partir, elle a essayé de joindre Antonin, mais son portable est sur répondeur et la boutique est fermée pour les vacances. Elle lui laisse un message pour le prévenir qu'elle part quelques jours avec Christine. Ce que Juliette ne sait pas, c'est qu'il a perdu son portable et qu'il n'aura jamais le message.

Antonin aussi, a essayé de reprendre contact mais sans succès. Lui par contre, ne peut pas se douter que si elle ne répond pas au téléphone, c'est qu'elle va mal. Elle n'a même pas écouté son répondeur. Il finit par croire qu'il l'a perdu. Il est malheureux, mais n'ose pas aller chez elle, il la pense avec Jacques filant le parfait amour. Sa Juliette, son tendre amour, il n'a pas su la retenir, et l'a laissée partir avec un autre. Il espère au moins que Jacques saura enfin l'aimer.

Elles ont réservé un gîte vers Montolieu. Juliette essaie de ne pas penser à Jacques, elle veut profiter pleinement de ces trois jours et ne veut pas gâcher le plaisir de Christine. Elle veut utiliser ces jours pour prendre du recul. Après tout, les choses se mettront en place comme elles se doivent, c'est le destin.

Elles arrivent au gîte vers 16 heures, accueillies par deux hôtes très sympathiques. C'est une charmante maison aux volets bleus comme elles aiment, avec un petit escalier sur le côté qui permet d'accéder directement à la chambre. Celle-ci, à deux lits séparés et est très claire et très accueillante. Sur le bureau est posé un petit bouquet de fleurs des champs et sur chaque table de nuit, une tasse avec un sachet de thé, du sucre et des petits gâteaux. Les couvre-lits et les murs sont aux couleurs de la Provence, vert, jaune et ocre. Une petite bibliothèque avec des livres complète le décor. De la fenêtre, elles aperçoivent un jardinet avec une pergola sous laquelle prendre un petit- déjeuner champêtre avec les produits du terroir.

Monsieur et Madame Frageon leur explique qu'ils viennent de la région de Lille où ils étaient gérants d'une jardinerie. Lassés de la grisaille, et ayant envie de soleil, ils avaient achetés cette maison en pierre qu'ils avaient restaurés pour en faire un gîte. Ils aiment cette nouvelle vie faite de rencontres, de soleil et de nature. Ils profitent aussi pour faire goûter quelques fabrications maison comme leur miel ou leurs confitures confectionnées avec les fruits du verger. Il ne regrette pas leur nouveau départ qui leur a même permis de redonner un souffle nouveau à leur couple, et l'a consolidé. Après le départ des enfants, pas toujours facile de se retrouver à deux coincés dans la routine de plusieurs années de vie de famille. Là, ils ont retrouvé la joie de se redécouvrir.

Le premier jour, elles ont visité le fameux village du livre. Ce petit village se situe sur un éperon rocheux aux confluents des rivières Alzeau et Dure. Au loin, elles ont aperçu l'église Saint André, avec son clocher rectangulaire de taille et de hauteur imposante et qui domine le village. Elles ont flâné dans les petites rues et ont découvert les librairies, bouquinistes et artisans d'art. Certains manuels racontent l'histoire du village qui doit son origine à l'implantation d'une abbaye bénédictine dédiée à St Jean Baptiste. D'abord simple bourg, pillé et détruit à maintes reprises, il fut reconstruit sur son site actuel en 1146 par Roger de Trenconel, vicomte de Carcassonne. L'atmosphère y est magique. Juliette redécouvre la sérénité, l'impression que toute la colère emmagasinée s'envole comme par enchantement. Après s'être restauré d'un sandwich place des Tilleuls, elles ont emprunté le chemin de randonnée qui mène à la chapelle Saint Roch, située sur une colline à proximité du cœur du village. Celle-ci, de style rustique très simple est entourée de cyprès datant de 1820. Elle offre un des plus beaux points de vue.

Avant de rentrer au gîte, elles se sont arrêtées au moulin de Brousses construit à la fin du XVIII ème siècle, dernier moulin à papier du Languedoc. Fermé en 1981, il a rouvert ses portes en1994.Il permet surtout de transmettre le savoir-faire dans la fabrication artisanale des feuilles de papier. Situé dans la vallée de la Dure entre châtaigniers et chênes verts. Du parking elles ont emprunté un chemin botanique charmant, et conduisant directement au moulin.

Le soir, un diner préparé par leur hôtesse les attendait afin de reprendre des forces pour se rendre le lendemain en Pays Cathares.

Partie tôt, après un petit déjeuner pantagruélique, fait de confitures maison, de miel, de brioche, de pain frais, de beurre fabriqué par Madame Frageon, et de fruits du verger, elles se sont dirigées vers le château de Lastours. Situés au pied de la Montagne noire, les quatre châteaux du site sont perchés au sommet d'une crête. On y accède par un magnifique sentier traversant la garrigue hérissée de cyprès. Sur le chemin, on traverse une grotte appelée le Trou de la Cité. En 1961, on y retrouva la sépulture d'une fillette datant de 1500 ans avant notre ère.

A l'origine, il existait trois forteresses, qui furent un lieu de refuge pour les Cathares, ce qui provoqua la foudre des croisés. Elles tombèrent dans le domaine royal en 1243. Le roi de France, les fit détruire en signe de représailles avant de les faire reconstruire sur la crête, en y ajoutant la Tour Régine. Juliette est très impressionnée par ce retour sur le passé, une impression étrange la saisis, sans qu'elle n'arrive à y adjoindre des mots et des idées, juste un léger malaise, qu'elle n'ose évoquer devant Christine.

Les trois jours ont passé rapidement, et c'est le cœur léger que toutes les deux ont repris le chemin de Montpellier. Elle pense à Antonin, elle a hâte de le revoir.

Chapitre 26

La nuit précédente leur retour, son rêve se poursuit. Elle a 16 ans et se trouve au château. Elle y a été appelée pour soulager la mère de Colin qui souffre régulièrement de migraines. Elle lui a apporté une infusion de pyrèthre.

Comme chaque fois qu'elle monte au château, Colin est là. Il se montre toujours très galant et depuis quelques temps, il se montre un peu plus empressé. Elle n'a pas oublié quand, dans son délire, il lui avait dit qu'il l'aimait. Plusieurs fois, il lui a proposé de la raccompagner, ce qu'elle a toujours refusé. Pourtant, son cœur bondit de joie à son contact. Cependant, elle se dit qu'il n'y a pas d'avenir à espérer avec un seigneur, ils ne sont pas du même monde. Alors qu'elle s'apprête à partir, il l'empêche de passer.

Isabeau n'est pas peur de moi. Je ne te veux aucun mal. Laisse-moi te raccompagner. La route n'est pas sûre, il y a trop de brigands, et puis tous ces loups qu'on dit se rapprocher des villages.

Elle ne sait que faire. Elle n'est pas très rassurée à l'idée de redescendre seule, car aujourd'hui son oncle n'est pas disponible pour venir la chercher. Il la voit réfléchir, alors il insiste.

Isabeau, fais moi confiance, je t'aime. Jamais je ne te ferai du mal.

Elle rougit. Il lui prend le visage dans ses mains et l'oblige à le regarder. Elle voit alors son regard bouillonnant d'amour.

Isabeau, je veux faire de toi ma princesse.

Il l'attrape par la taille et sans plus lui demander son avis, l'assoit sur son cheval. Il monte derrière elle et prennent le chemin du village.

Arrivés dans la clairière, ils longent le petit cours d'eau qui ruisselle dans la campagne. C'est le début d'après-midi et il fait beau et chaud. Il lui propose de s'arrêter un instant et de se désaltérer à la source. Elle se sent si bien entre ses bras, qu'elle voudrait que cela dure une éternité.

Descendu de cheval, il lui tend les bras pour l'aider à mettre pied à terre. Elle se retrouve alors contre son torse. Colin est grand et musclé et elle se sent en sécurité. Il l'entoure tendrement de ses bras. Elle le laisse faire et l'espace d'un instant, s'abandonne contre lui. Consciente de ce qui se passe, elle veut s'éloigner. Il la retient par la main et leurs regards se croisent et se perdent dans l'immensité d'un ciel étoilé qui brille au fond de leurs yeux. Plus rien n'existe, ils sont seuls au monde.

Délicatement, il lui embrasse les lèvres. La sentant répondre à ses attentes, ses baisers se font de plus en plus audacieux. Doucement, ils glissent jusqu'à se retrouver allongés sur l'herbe verdoyante. Elle s'effarouche un peu, mais il lui caresse les cheveux, les joues. Ses paroles sont tellement remplies de tendresse et de passion à la fois qu'elle se laisse aller. Leurs désirs se font de plus en plus forts. Il lui dégrafe son corsage, ses caresses lui effleurent la peau, elle frissonne. Elle sent son corps réagir et se laisse emporter par l'extase. Les mains de Colin se font de plus en plus aventureuses, elles glissent sur sa poitrine, puis remontent sous ses jupons qu'il a relevés. La peau d'Isabeau est si douce qu'il sent sa virilité devenir de plus en plus intense. Leurs âmes et leurs corps sont alors unis dans un même élan, et ensemble, ils arrivent à l'explosion finale qui les laisse fous d'amour et d'espoir. Elle n'ose pas le regarder, elle se pelotonne contre lui et tout bas lui murmure ces mots dont il a tant rêvé :

Colin, je t'aime tant !

Ma douce, mon amour, enfin tu es à moi pour toujours.
Ils se sont endormis quelques instants dans la douce insouciance de la jeunesse.

Quelques mois plus tard, Isabeau comprend qu'une petite vie est en train de germer au creux de son ventre. Elle hésite avant d'en parler à Colin. Malgré l'amour qu'il lui porte, elle ne veut pas qu'il s'oblige à l'épouser. Mais, quand il apprend la nouvelle, il est transporté de joie. Il est convaincu que leur amour doit être officialisé afin que rien ne puisse les séparer, mais il doit rester secret. Alors, il emmène Isabeau loin du château et du village et c'est dans la petite église de Carcassonne qu'ils se disent oui pour la vie.

A la naissance de Blanche, malgré leur mariage, Colin vit toujours au château et Isabeau chez son oncle et sa tante. Jeanne a naturellement aidé Isabeau à mettre sa petite fille au monde. Toute potelée, elle possède déjà la beauté de sa maman. Jehan a trouvé une excuse pour se présenter à la porte du château et prévenir Colin en toute discrétion.

Lorsque Colin arrive, la petite dort emmaillotée dans ses langes dans le petit berceau en bois que Jehan avait fabriqué à la naissance d'Isabeau. Celle-ci est épuisée, mais s'illumine à l'arrivée de son amour. Très fière, elle lui présente leur fille.

Blanche grandit entourée de l'amour de ses parents qui passent le plus de temps possible ensemble, tout en essayant de ne pas trop éveiller les soupçons d'Enguerrand. Dès que Blanche sera plus grande et les routes plus sûres, ils iront habiter à Montpellier, dans l'anonymat de la ville.

Bien trop occupé à guerroyer, Enguerrand ne se souci guère des occupations de son fils. Il est si peu au château, qu'il n'y voit pas ce qui se passe. La Guerre de Cent Ans bat son plein et les Français ont déjà subi deux défaites à Ecluse et à Crécy. Alors pour le moment, les amours et autres divertissements de Colin lui importent peu, il sera toujours temps de lui trouver une gente dame pour le marier.

Alors que Blanche va sur ses cinq ans, Isabeau accouche d'un solide garçon, aux yeux bleus comme l'azur. Les rumeurs commencent à courir de maison en maison. Ce petit bonhomme ressemble beaucoup au gentil seigneur Colin. Et Isabeau qui est mère pour la deuxième fois, n'a toujours pas d'époux officiel, une fille perdue disent les braves gens. Ils plaignent Jehan et Jeanne. Avoir recueilli cette petite qui n'avait plus de famille, et maintenant, elle leur ramène des petits qui n'ont pas de père ! Mais la vie est dure, la guerre, la famine, la peur des loups qui, affamés se rapprochent de plus en plus des villages. Alors, on murmure, mais les échos ne passent pas le seuil des chaumières. On ne s'occupe pas des voisins, ça pourrait porter malheur.

En 1347, alors que le petit Guillaume à deux ans, un nouveau fléau, la Peste Noire, se répand dans les villes et villages. Ramenée d'Asie Centrale par les marins Génois, elle s'étend à toute l'Europe. Les populations affaiblies par la famine et un refroidissement climatique, sont disséminées. Ce sont les rats, qui par l'intermédiaire de leurs puces répandent leur maladie. Leur prolifération due à la disparition des chats qui à l'époque, pensait-on, portaient malheur, ne fait qu'accentuer les difficultés.

Malgré ses précautions et ses connaissances en herboristerie, Jeanne est une des premières du village à être emportée par la maladie. Suivra Guillaume, qui succombera au bout de quelques jours, rendant fous de douleur ses parents. Enguerrand comprend alors les liens qui unissent Colin et Isabeau. Il somme Colin de s'expliquer et de renoncer à Isabeau pour rentrer dans les ordres et d'y expier jusqu'à la fin de sa vie, ce qu'il estime être un péché. Colin anéanti par la mort de son fils, refuse catégoriquement de renier Isabeau et Blanche. Il comprend alors trop tard, qu'il a entrainé la perte de sa bien-aimée lorsque les gardes de l'Inquisition viennent arrêter Isabeau en l'accusant d'être une sorcière. Elle est jetée au cachot en attendant son procès.

A son réveil, Juliette en tremble encore de peur et de rage. Mais elle ressent encore ce profond amour qui existait entre elle et Colin. Mais qui est Colin, elle n'a toujours pas vu son visage. Chaque fois, elle se réveille juste au moment où elle pourrait l'apercevoir. Que veulent dire tous ces rêves, quels messages essaient- ils de lui faire passer ?

Chapitre 27

Juliette est encore sous l'influence de son songe. Elle se sent pleine de cet amour qu'elle vit chaque fois qu'elle rêve.

Même s'il n'a pas répondu à son message, elle a hâte de revoir Antonin. Mais dans son courrier, il y a une lettre et si elle ne reconnait pas tout de suite l'écriture, elle se rend vite compte que c'est celle d'Antonin. Elle ne l'ouvre pas, elle préfère être dans la sécurité de son appartement. Pourquoi lui a-t-il écrit ?

Ma douce Juliette

Depuis l'enterrement de mon père, je ne sais où tu es ? Tu n'es pas chez toi et lorsque je me suis permis d'appeler l'hôpital, ils m'ont dit que tu étais en vacances. Peut être as-tu essayé de me joindre mais j'ai perdu mon téléphone. Je vais en avoir un autre mais je n'ai pas eu le temps ou l'envie de m'en occuper.

Tu me manques, je voudrais te serrer dans mes bras, je voudrais t'embrasser, je voudrais t'aimer mais je n'en ai pas le droit. Je me consume à l'idée que tu ne seras jamais mienne.

Je t'avais promis que je serais toujours ton ami, je voudrais l'être mais je ne peux me résoudre à vivre dans l'ombre de Jacques, c'est trop douloureux. Et puisque tu l'as retrouvé, tu n'as plus besoin de moi. Tu penses que c'est avec lui que tu peux être heureuse, alors va vers ton destin, suis ta route. Ne t'inquiète pas pour moi, je ne veux que ton bonheur. Moi, il me reste mes livres et les doux souvenirs des moments que nous avons partagés.

Va, ma puce, ne te retournes pas mais promets- moi de bien prendre soin de toi.

Je t'embrasse comme je t'aime.

Antonin

Juliette est anéantie. Elle regarde la lettre. En voulant faire confiance à Jacques, elle a tout perdu. Jacques s'est révélé être toujours le même, toujours de mauvaise foi et à vivre dans des projets auxquels il ne croit certainement pas lui-même. Elle a aussi perdu Antonin, qui, est-elle persuadée maintenant, est son véritable amour, son ami, son âme sœur. Elle est persuadée de l'avoir trompé, de ne pas avoir su l'écouter, le comprendre. Et maintenant, elle n'ose repartir vers lui. Pas tout de suite, elle ne voudrait pas qu'il s'imagine être une roue de secours. Elle verra le jour où elle aura guéri entièrement de son passé. Mais ce jour-là, sera-t-il encore là pour elle ou sera-t-il trop tard ?

Elle a repris sa vie. Son travail à l'hôpital, ses promenades sur la plage, ses lectures mais aussi sa solitude qui toutefois, malgré sa tristesse, lui permet de se sentir zen. Il lui faudra du temps pour digérer les mensonges de Jacques.

Christine, très proche de sa petite sœur a été sa confidente. Elle finit par se décider et va trouver Antonin dans sa librairie. Elle ne peut les laisser se perdre, ils s'aiment trop, ils ont enfin droit au bonheur.

Elle lui raconte tout : l'attitude de Jacques, le chagrin de Juliette à la réception de la lettre, sa peur de revenir vers lui, de le décevoir. Il embrasse Christine qui vient de lui redonner sa joie de vivre.

Merci d'être venue.

Il ferme la boutique et saute dans sa voiture.

Chapitre 28

Il est passé chez elle, mais elle n'y est pas. Alors, il va à Carnon, sur la plage du Petit Travers, elle aime beaucoup cette plage avec ses dunes, beaucoup plus agréable que certaines autres plages où les maisons se répandent jusque sur le sable.

Il est certain de la trouver là-bas. Il la voit de loin. Malgré le vent elle est là, emmitouflée dans un sweat et une écharpe. Il ne fait pas froid en cette soirée de septembre, pourtant, elle frissonne. Elle a le regard perdu vers l'horizon. Il s'approche d'elle tout doucement, puis se baisse jusqu'à ce que leurs visages soient à la même hauteur. Etonnée de le voir, Juliette a le cœur qui se met à battre la chamade. Antonin lui lève la tête délicatement, avec toute la tendresse qu'il peut mettre dans son geste. De grosses larmes roulent le long des joues de Juliette. Du bout des doigts, tendrement, ils les essuient. Il la regarde avec une telle passion au fond des yeux, qu'elle en est bouleversée, son cœur s'emballe de nouveau.

Elle va lui dire...... lui raconter......... Jacques.......sa nouvelle déception, et surtout sa peur de l'avoir perdu, lui, Antonin.

-Chut.......ne dis rien, mon ange.......je sais, Christine m'a dit. Ne pleure pas, il n'en vaut pas la peine. Je suis là, je vais t'aider à guérir, je vais t'aider à l'oublier.

Il lui fait un rempart de ses bras, comme pour la protéger. Sentant son corps tressaillir, il ose s'aventurer plus loin. Tout doucement, il lui dépose un baiser sur les lèvres, puis ne pouvant plus taire son amour, il l'embrasse avec toute la fougue retenue depuis des mois. Il l'étreint, lui embrasse les yeux, les cheveux, dans le cou. Il la couvre d'une cascade de baisers. Il est fou de bonheur. Son corps se tend comme un arc, son cœur bondit de joie, il ne peut plus attendre, il va lui faire découvrir le véritable amour, il va prendre soin d'elle. A chaque heure de chaque jour, il sera là pour elle. Il va la faire frémir de désir et de bonheur. Il a su patienter, il a su être son ami, mais aujourd'hui il va aussi être son amant.

Il l'aide à se relever et tout en la ramenant vers la voiture, lui glisse à l'oreille :

-Tu n'as plus à avoir peur, » je t'aime pour l'éternité. »

Cette phrase……. elle l'a déjà entendue un autre jour, dans un autre ailleurs…….. Tout à coup, elle est de nouveau transportée dans cette époque lointaine. Elle se voit sur un bûcher, la foule crie autour d'elle.

-Putain,…. à mort,….. sorcière…..

Elle voit au milieu de cette foule, Colin, il se retourne et enfin, elle voit son visage. A ce moment- là, elle le reconnait, c'est…… Antonin. Il a les yeux tournés vers elle, débordant d'amour. Ils ne se quittent pas complètement car elle sait qu'elle le retrouvera. Elle meurt apaisée.

Revenue à elle, ses yeux vont vers lui, vers cet homme qui, elle le sait maintenant, est son âme sœur, et qu'elle aime au-delà de tout.

Que t'est-il arrivée, j'ai cru que tu faisais un malaise !

Elle se blottie dans ses bras.

- Ne t'inquiète pas………… JE T'AIME !!!!!!!

Rien n'est figé, quelque soit notre destin, la magie d'une rencontre peut parfois nous transporter à travers les siècle.

www.ingramcontent.com/pod-product-compliance
Lightning Source LLC
LaVergne TN
LVHW101951220826
846093LV00006B/177

* 9 7 8 2 7 5 6 3 2 3 4 4 2 *